メディアワークス文庫

宮廷医の娘6

冬馬 倫

目　　次

十四章　永遠の命

この世界で最も危険な職業は「中原国（なかはらこく）」の皇帝である。
とは、ある歴史家が記載した言葉であるが、間違いではない。
意外と思うものも多いだろう。大海原に立ち向かう漁師でも、高所で働く鳶職人（とびしょくにん）でも、前線で戦う兵士でもなく、宮廷の奥で安楽に座している皇帝が最も危険というのは道理に適（かな）っていない。しかし、数字は嘘（うそ）をつかない。中原の地に存在した王朝の数は一〇。地方の群雄が皇帝位を名乗った僭称（せんしょう）を含めれば四二七人の皇帝が存在しているが、そのうち天寿をまっとうできたのは二八一人しかいなかった。残りの一四六人は〝正常ではない死に方〟をしたのだ。

具体的な死因を挙げれば一四六人の皇帝たちはそのほとんどが他人によって殺害された。つまり暗殺されたか、戦死したのである。この国で一番偉いものがそのような死に方をするなど惨（むご）たらしいとしか言いようがないが、国の最高権力者は常に命を狙われている。

敵対する国はもちろん、自分の重臣、実の親兄弟、あるいは妻や子からも命を付け狙われる。殺害理由は政治的な問題と皇位継承に絡むものがほとんどであるが、中には色恋沙汰の末に死んだ皇帝も多い。とある皇帝は貴妃を寵愛し過ぎたために皇后に嫉妬され、毒殺された。とある皇帝は去勢を施した美童を寵愛し、子を生さなかったために実の母に暗殺され、皇位を弟に奪われた。とある皇帝は家臣の妻に手を出し、恨みを買って殺された。

中原の国で最も偉く、神聖にして不可侵な存在である皇帝であるが、半数近くは〝まっとう〟な死に方をできなかったのである。これでは一介の庶民にも劣るというものだ。

実際、中原国の皇帝はそれほど良いものでもない。中原国の歴代皇帝の平均寿命は三九歳であった。栄養豊富な食事に恵まれ、寒暖の差もなく、なに不自由なく暮らし、最高の医者に治療を受けられるのにもかかわらず、多くの皇帝は四〇歳に満たぬ歳で死ぬのだ。

なぜかといえばそれは皇帝には過度の抑圧が掛かるからだ。万民の皇帝という立場は安寧、安楽ではなく、極度のプレッシャーをもたらすのである。己の采配ひとつで何万の民を殺しも生かしもする。最良だと思った方策であってもそれが人を不幸にすることもある。宮廷という世間から隔絶された場所には民の表情や声は届かないが、失政が続けば必ず怨嗟に満ちた声が耳に入る。やがてその恨み辛みは〝暴力〟となり、民の反乱を招くことになるのだ。

「要は皇帝ってのはなにをしても恨まれる立場にいるってことさ」

と纏めてくれたのは貧民街の神医こと白蓮である。師の率直な言葉に同意をするのはその弟子の陽香蘭。

「皇帝陛下は誰にも恨まれたくないから、なにもされないのでしょうか？」

現皇帝の第一四代中原国の皇帝劉宗のあだ名は左様皇帝である。なにを言っても「左様に」としか言わないから付けられたあだ名だ。政治に興味がなく、朝議で決まった事項を追認するだけの皇帝とささやかれている。いや、それは控えめに過ぎるか、ささやかれているのではなく、堂々と公言されている。

「中原国の昼行灯様」

とは庶民が皇帝の陰口によく用いる常套句であった。つまり庶民にまで皇帝の無気力さが伝わっているのである。しかもその陰口は当人の耳にまで届いているとのことだった。届いているのに「不届きものめ！」と激高しないところが左様皇帝の左様皇帝たる所以なのだろう。「善きかな善きかな」と日々、詩作に興じ、鼓を叩き、遊興にふけっていた。風流皇帝の面目躍如というところであるが、民たちからしてみればたまったものではない。現在は国難のとき、〝余計〟なことをしないのは有り難いが、〝すべき〟

ことはしてほしいというのが庶民たちの本音だろう。すべきこととは中原国に侵攻し、略奪を繰り返している北胡（ほっこ）の討伐であった。

「民が望むものは平和と平穏な暮らし。それらを与えられない時点で今上皇帝は失格だな」

白蓮は斬り捨てるように鋭く言い放つが、いささか手厳しいような気もする。北胡との戦争は今上皇帝が始めたのではないからだ。北胡との争いは今上皇帝が生まれる前から始まっており、中原国の旧首都である北都（ほくと）を奪われたのも今上皇帝の時代ではなかった。また現皇帝の在位は三〇年以上に及ぶ。御年は六三歳。歴代皇帝の平均寿命を二四年も上回っているのだ。しかもまだまだ壮健で天命はいまだ見えない。あるいはもしかしたら、皇太子である東宮劉淵（りゅうえん）よりも長生きして、皇太孫が帝位に即（つ）く可能性だってある。それくらい元気いっぱいなのである。

「先日も新たな寵姫（ちょうき）を後宮に迎え入れたらしいしな。おさかんなことで」

皮肉気味に言う白蓮。

「まあ、皇帝の仕事の過半は子孫を残すことだ。そういった点では皇帝は百点満点と言える」

「皇帝陛下のご子息は三人でしたっけ？」

「皇位継承権を持つものは三人だけだ」

「あんなに寵姫がいるのに？」

「ああ、この国では皇位継承権を持てるものは三人までと決まっているのだ」

「なんと、そんな法律があるのですね」

「今の皇帝のように〝やることはやっている〟と子供は際限なく増えていくからな」

「あまり皇族が多いと宮廷費を圧迫しますし、なによりも皇位継承問題が起きますからね」

「そういうことだ」

「もちろん、皇位継承順位第一位は東宮の劉淵様なんですよね？」

「当然だ。この国は長子相続が基本だからな。ま、それでも実際に継げるか分からないところが皇位継承の難しさなのだが」

「わたしは東宮様に皇帝になって貰いたいです」

「そうすれば自分も出世できるからか？」

「まさか。この国が良い国になってくれるからですよ」

「そうだな。多少ましになるかもしれない」

不敬な物言いだが、これでも白蓮は最大限劉淵を信頼しているのだ。友人ゆえにこのように軽口を言うだけで、内心、期待していることを香蘭は知っていた。くすりと微笑むと話を広げる。

「弟君はたしか劉丕様でしたっけ？」

「様はいらない」

「そんな、不敬です」

「おまえはやつに煮え湯を飲まされたことを忘れたのか？」

「……」

忘れるわけがない。帰蝶妃事件のときも香蘭の姉春麗誘拐事件のときも彼は香蘭の前に立ち塞がったのだ。宮廷でもよく見かけるが、香蘭を下女扱いする。いや、それどころか存在を認識さえしない。彼は綺麗に着飾った貴妃にしか興味がないのだ。その人間性はおよそ品性下劣であったが、彼は皇位継承順位二位であった。劉淵にもしものことがあれば彼が皇帝になるのである。そうなれば中原国はおしまいだ。というのは香蘭だけでなく、庶民を含めたほぼ全国民の共通認識であった。劉丕とその一派以外は東宮の健康と長寿を限りなく願い、順当に皇位を継承してくれることを願っていた。

そのために香蘭は週に一度、東宮御所に赴いて東宮の健康を管理していた。仕事中毒の東宮の健康管理はとても大変だ。栄養管理はもちろん、睡眠時間の管理、仕事の量の調整（これはほぼ聞き入れてくれないが）など、実の女房よりもがみがみ言わないといけない。病気は罹ってから治すよりも未病に注力するほうが大切なのである。

思わず白蓮の前で力説してしまうが、そんなことは白蓮のほうが一〇〇倍熟知していた。彼は「馬鹿は死ななければ治らない」と手酌で度数の高いアルコールを胃に流し込む。胃が溶岩のように煮えたぎっているはずだが、一向に気にしない。高濃度のアルコールは身体に悪いことは医者である白蓮がなによりも知っているはずなのにお構いなしである。医者の不養生、紺屋の白袴を地で行くその姿はある意味、徹底しているが、弟子としては師の健康にも思いを巡らせずにはいられない。しかし、どんなに理路整然と諭しても「酒は百薬の長」としか返答されない。酒は百害あって一利なしと言いたいところであるが、師は反論を許さない。しばらく悶着していると、ふたりの口論を遮るかのように慌てた様子で陸晋がやってくる。

「おふたりとも、痴話喧嘩はやめてください」

誰が痴話喧嘩をしているんだ、と香蘭と白蓮はむきになるが、冷静沈着にして理知的な彼がこのように慌てふためくなど珍しい。きっと大事に違いないと香蘭と白蓮は彼の話を聞く。

「大変です。宮廷から使いがやってきました」

「それのなにが大変なのだ？」

白蓮はつまらなそうに問い返す。そりゃそうだ、宮廷からの使いは頻繁にやってくる。香蘭が参内する日は決まってはいるが、東宮に呼び出されることなどしょっちゅうだった。慌てる必要などない。そう陸晋を諭すが、釈迦に説法であった。

陸晋はすっと書簡を差し出す。見るからに高そうな箱に入っている。陸晋は恐る恐る取り出すと皺にならないよう慎重な手つきで香蘭に渡した。書簡には、

「勅命」

と書かれていた。

「ちょ、勅命」

思わずあせってしまう香蘭。

「なにをそんなに慌てている？」

白蓮は問うてくる。

「そりゃあ、慌てますよ。だって勅命ですよ、勅命」

「大事なことなので二回言ったか」

皮肉気味にからかってくるが、この人はどうしてこうも冷静でいられるのだろうか。

「白蓮殿、勅命とは朝廷が直々に発行した命令書のことです。皇帝陛下の御意志が書かれているんですよ」

「そんなことは知っている」

「万乗之君にして神聖不可侵なる皇帝陛下の書簡です。頭を下げなければ」

勤王家である香蘭は深々と手紙に頭を下げるが、白蓮は気にすることなく書簡を取り上げる。

「なんと不敬な……」

注意しても仕方ないので注意はしないが。

白蓮はじっと書簡を読むと、ふむふむとつぶやく。

数分ほどで読み終えると、つまらなそうにあくびをした。まったく、どこまでも不敬な師である。

さすがにたしなめると、白蓮はさらにつまらなそうに反論した。

「勅命などしゃちほこばった文章で書かれているからつまらないに決まっている。血沸き、肉躍る展開など期待できない」

たしかにそうである。香蘭の愛読する中原国水滸伝のような物語性は皆無であろう。迂遠で勿体ぶった役所的な文章は読んでも辟易するばかりであろうが、勅命であればもっと畏まって読んでほしいものである。そのように注意すると、白蓮は勅命を投げて寄越した。

ひょいっと空中に舞う書簡を慌てて受け取ると、香蘭は文面を読み始めた。

「………」

やはり頭が痛くなるような小難しい文章であるが、これでも医道科挙を四度も受けた身、この手の文章の読解力はあるつもりだった。なんとか読み解くと、驚愕の事実を察する。

「も、もしかしてこの勅命、白蓮殿ではなく、わたしに宛てられたものなのでしょうか？」

「やっと気が付いたか」

　白蓮は書簡が入っていた箱を指さす。そこには陽香蘭へ、と書かれている。

「ほ、ほんとだ。てっきり白蓮殿に宛てられた勅命だと思っていました」

　過去、何度か皇帝陛下から勅命が来たことがある。多くは白蓮への手術の依頼だった。白蓮は必ず朝廷の期待に応え、手術を成功させてきたのだ。今回も朝廷の要人が病に見舞われたのかと思ったが、そうではなかったようだ。

「……なんでわたしなんだ」

　何度読んでも香蘭に向けられたものであった。解(げ)せない、と首をひねるが、悩んでいても答えは出ないので続きを読むことにする。

　難しい文章なので、口語に直してつぶやきながら読み進める。

「ええと、一二品官(ほんかん)の陽香蘭、恐れ多くも皇帝陛下直々の命令である」

　一言で要約したが、この事実を伝えるだけでかなりの文字数を使っている。公文書とは本当に面倒くさい。

「命令があるので宮廷に参内し、皇帝陛下の有り難い言葉を聞け、ということかな」

　香蘭が要約すると白蓮は「その通り」と言った。

「なぜだか知らないが、おまえさんは皇帝に気に入られているらしい」

「〝陛下〟です」

敬称を付けるように促すが、白蓮は無視する。

「おまえは四度ほど皇帝に会っているからな。もしかして見初められたのかも」

「まさか」

それはない、と断言しておく。皇帝陛下の寵姫を知っているが、皆、大抵、目が飛び出んばかりの美女揃いだ。その中に香蘭が分け入る隙はない。

「面白枠というものもある」

「それは否定しませんが」

皇帝の貴妃は一〇〇人単位。色物枠があってもおかしくはないが。

いやいや、と香蘭は首を振る。そもそもなんで自分が色物枠なんだ、と軽く怒色を見せると白蓮は言う。

「おまえの性質をとやかく言い合ってもらちがあかない。呼び出しはどうするつもりなんだ？」

「もちろん、拝謁させていただきます」

「その好き好んで面倒ごとに首を突っ込む性格はなんとかしたほうがいいと思うぞ」

「性分でありますし、そもそも皇帝陛下の勅命に逆らえるものはこの国で白蓮殿だけです」

「弟子ならば師を見習え」

反面教師、という言葉をぐっと呑み込んで師に家に戻っていいか尋ねる。

「好きにするがいいさ」というのが師の答えであった。さっそく好きにさせていただくことにして自宅に戻る。

道中自然と足が重くなる。宮廷に参内することには慣れているが、皇帝陛下に面会するとなれば大事である。今まで四度ほど皇帝陛下に拝謁したが、そのたびに家人、特に母が大はしゃぎをして香蘭を困らせた。あの着物を買おう。この帯を着けよう。かんざしはこれだ。御用商人に手配を始め、延々と香蘭を着せ替え人形にする。たまったものではないが、むげに断ると機嫌を損ねられる。香蘭としては皇帝陛下に拝謁するまで私生活で波風を立てたくないので素直に従うが。だが最近、それにも少し慣れてきた。さらに言えば綺麗な着物や宝飾品を見るのも少しだけ好きになってきた。

「長らく宮廷にいたせいかな」

自己分析する。香蘭の出仕する宮廷は華やかなりし文化が花咲くこの世の天国。宮仕えを始めるまでは想像すらしていなかったが、そこにいる女官や貴妃たちは天女のように美しく着飾っている。当初はぽけっと見惚れるだけであったが、毎日のように見ているとあのような格好もなかなかにいいな、と思ってしまうのだ。

「わたしも一応、生物学的な雌ではあるからな」

雌の雉（きじ）も女も華やかな姿を好むという共通点があるようだ。母親にあれこれ着替えさせられながら帯をぎゅっと締められると一丁前の宮廷女が出来上がる。鏡でその姿を見ると自分もなかなか女らしくなったものだ、と感慨深くなるが、あまりはしゃいでもいられない。鏡越しに自分の姿を見つめる。

「皇帝陛下に見初められた可能性は——ないな」

そこまで自意識過剰にはなれない。

「ならば医者としての腕前を認められた——わけでもなさそうだ」

宮廷にはもちろん、この国にも香蘭よりも腕の立つ医者がいるはず。そもそも医療の腕がほしいのであればこの世で一番の医師である白蓮を頼ればいいのだ。なにも医師見習いである香蘭など頼る必要はない。

（ならば皇帝陛下はなにをご所望なのだろうか？）

香蘭は何度か皇帝に拝謁したことがあるが、陛下から呼び出しをされるのは初めてのことなので緊張してしまう。

（まさかいきなり首を刎（は）ねられることはないよな）

なにもかもが初めてのことなのでいらぬことばかり考えてしまう。ただ、いくら考えても始まらないので母に衣装を決めて貰い終えたところで覚悟を固めた。

ぱしんと己の頰を叩く。

「まあ、なるようにしかならないさ」

皇帝は中原国の頂点に位置する存在、舞えと言われれば舞うし、犬の真似(まね)をしろと言うのならばするしかないし、後宮に入れと言われれば入るしかない。拒否権がないのだ。ならば開き直って拝謁するだけであった。そう考えると気持ちが軽くなり、即興の踊りをくるりと踊る。それを見ていた母は、「あなたは踊り子になっても食べていけるんじゃないかしら」と最高の賛辞をくれた。

†

いつものように豪壮な遣いの馬車で宮廷まで向かうと、呆(あき)れるほど歩かされて謁見の間へと向かう。そこにはこの国の重臣がずらりと並んでいる。皆、威風堂々としている。さすがはお偉いさんであるが、それよりも注視しなければいけないのは皇帝の表情だ。喜怒哀楽、どの感情を持っているか確かめる。

医者としての観察眼を駆使し、表情を分析するが、皇帝の表情は哀に近かった。なにを悲しんでおられるのだろうか。このように豪華な宮殿に住み、衣食住の不便もないというのに。考察するが、皇帝の表情は哀というよりも憂いに近いことに気が付いた。

（いや、この方はいつもこのような表情をされているな）

風流皇帝、平凡皇帝、左様皇帝、あらゆる陰口を叩かれているお方であるが、このお方はいつもどこか悲しげな表情をしている。諦観の念や自責の念を瞳の奥に感じるのだ。今日はそれが一際強く出ているような気がした。心に憂いがあるのかもしれない。香蘭は直接尋ねる――わけにはいかない。至尊の冠を頂く方に直接話しかけるわけにはいかないのだ。地に頭をひれ伏し、「面を上げよ」と言われるまで微動だにしてはいけないのである。十数秒ほどその状態が続くと、皇帝は抑揚のない声で言葉を発した。

「陽香蘭であるか」

「相違ありません」

「久しいな」

「雨林の件以来でございましょうか」

雨林とは戦象処分騒動のときに処分されかけた象だ。偉いお坊様に法名を貰ったうえ、官位まで貰い、今では南都の動物園の人気者になっている。

「あの象は優しい目をしていた。おまえもな」

「お褒めにあずかり恐悦至極でございます」

「おまえは朕の前で舞を披露したり、医道科挙を受けたり、本当に多才な娘だな」

「器用貧乏だと師にからかわれます」

「口の悪い師だな」

「医療の腕前は遠く及びませんから」

「であるか。しかし、なかなかの腕前だと聞いているが」

「そんなことは」

「謙遜するな。西戎の武人の脳を切り開いたと聞いたぞ」

「命は繋ぎ止められませんでしたが」

「立派なものであったと聞いている。それだけでなくな。そこでおまえに頼みがあるのだが」

「……」

本題だ。少し顔がこわばる。

「硬くなるな。簡単な頼みではないが」

皇帝は一拍おくと続ける。

「香蘭よ、おまえに不老不死の薬の開発を命じる」

「不老不死ですか!?」

驚く香蘭。

「そうだ」

「しかし――、そのようなものを開発することはできません」

「なぜだ？」

「あれは創作や伝説の中のものでございますから」

「過去の文献を当たると三〇〇年生きた男がいると書いてある」

「それは誇張か記載の間違いでしょう」

昔の記録はいい加減なのだ。一晩で白髪が三〇〇〇本生えた男の話。霞を食べて生きていると主張する仙人の話、伝説の桃を食べて長寿を保った男の話、それらは王朝公認の歴史書に平然と記載されてある。範民族の歴史家は物書きの才能があると揶揄される所以となっている。

「なるほどな。しかし、だからといって事実ではないと証明はできないな」

「……はい」

たしかに確かめようがない。

「ならば命じる。とある女と協力し、不老不死の薬を開発しろ」

香蘭はしばし熟考したのち、

「勅命、謹んでお受けいたします」

と言った。

どのみち臣民が勅命を断ることはできない。香蘭は謹んで勅命を承ると、最後に尋ねた。

「とある女とはどなたでございましょう？」

「おまえの知っている女だ。後日、会える」

皇帝は簡潔にそれだけ述べると、謁見の間を退出した。なんでもこのあと花見の席があるそうな。皇帝は常に優雅で雅やかである。そのような感想を抱きながら香蘭は豪華絢爛な謁見の間をあとにした。

†

家に帰ると文字通り一息つく。万民の皇帝たる人物に会うのは緊張するのだ。家人に茶を出して貰って一服し、白蓮診療所に戻り、師に相談することにした。

師に不老不死の薬について尋ねると、おもむろにおでこを触られ、脈を取られる。香蘭が正常かどうか確認しているのだろう。

「わたしはいたって正常です」

「ならばつまらない冗談だな。もう少しユーモアを持ったほうがいいぞ」

「ユーモアとはなんですか？」

「この国の言葉に訳すのは難しいな。そうだな、強いて言えば冗談の才能かな」

「なるほど、わたしに最もないものだ」

「磨くといい。世の中、生きやすくなる」

「努力しますが、それよりもやはり不老不死の薬はないものでしょうか？」

「そんな都合のいい薬などあるか」

ばっさり斬り捨てる白蓮。

「人間の寿命などもってせいぜい一〇〇歳かそこらだ」

「ですよね」

「人間、いつかは老いるものだ。仮にすべての臓器を若者と交換したとしても必ず死ぬ」

「なぜです？」

「ひとつの細胞が分裂する回数に限界があるからだ。細胞は常に分裂していると前に教えたな」

「はい」

「細胞核にある染色体の末端にはテロメアと呼ばれる部分があって、分裂をするたびにそれが短くなっていくんだ。そしてある程度までテロメアが短くなると分裂をやめる。この仕組みがないとどうなると思う？」

「分かりません」

「医者なら当てろ。癌（がん）になるんだよ。癌とはつまり、遺伝子の一部が変異した結果、テロメアが短くならずに無限に分裂できる能力を持った細胞だ。無秩序に増殖した癌細胞は、身体のあちこちで病巣を形成し、やがて患者は死に至る」

白蓮はそのように言うと、

「ちなみに細胞の分裂回数の限界をヘイフリック限界という。ヘイフリック限界は生物によって違ってその限界数が寿命だ。それ以前の説によるとそもそも、線虫一〇日、ハエ四ヶ月、マウス二年、サル二五年、ヒト七〇年、ゾウ七〇年だと言われている」

「個体が大きいほうが寿命が長いのですね」

「そうだ。俺のいた世界では一二二歳まで生きた女性が最も長生きしたとされているが、人が元気に動けるのはせいぜい七〇歳までだ。だから無駄なあがきなどせず、七〇近くなったら終活しろ」

「それをそのまま皇帝陛下に伝えることはできません」

「ああ、そういえば皇帝に会ってきたそうだな」

「はい」

「そういうことか、あの老いぼれはとうとう生に執着し始めたか」

白蓮は鼻で笑う。不敬である。

「凡庸でなにごとにも関心がないように見えるが、生への執着だけは人一倍か。ま、権力者は皆、同じ道を歩むもの。俺の世界の独裁者は皆、不老不死を渇望する。それと金持ち」

　死体を冷凍保存し、未来で蘇生しようと目論む金持ちもいるそうで、馬鹿げた話をいくつもしてくれる。しかし、不老不死の薬の作り方については一切、教えてくれなかった。これはいくら尋ねても無駄そうである。諦めていると陸晋がやってきた。

　彼の手には真っ黒な手紙があった。

「黒地に白文字とは趣味が悪い」

　白蓮は皮肉気味に言うが、香蘭も賛同する。ただ趣味よりも送り主のほうが気になった。差出人を見るが、なにも書いていなかった。内容を読む。

「私が陛下がおっしゃっておられた女です。打ち合わせをいたしましょう」

　と書かれていた。

「陛下が言っていた女？」

　手紙をのぞき見していた白蓮が不可解そうに言う。陛下とのやりとりを話すと「ふうむ」と唸った。

「あのぼんくらも名前くらい教えてくれればいいものをな。まったく使えない」

　そうですね、とは同意できない。

「しかし、差出人も書いていない。落ち合う場所も書いていない、これではどのように待ち合わせをすればいいのだろうか」

「たしかにそうですね」

そのように陸晋と首をひねっていると白蓮が教えてくれる。

「このような悪趣味な手紙を寄越すのはこの世界でも限られる。消去法で行けばおそらくおまえにも関係がある人物のはず」

「わたしに関係がある人物？」

香蘭は記憶の井戸を掘り起こすが該当する人物がぱっと思い浮かばなかった。

「その人物はつかみ所がなくて、他人をからかうのが好きな女だ」

「はあ」

いくら考えても思い当たらない。

「その人物はおまえの敵対者だ。いや、正確に言えば俺のか」

今度は該当者が多すぎて分からない、と思っていると白蓮は核心的な示唆を与えてくれる。

「その人物はいつも悪趣味な喪服のような服を着ている」

「あ！」

「正解だ」

香蘭の言葉と表情を見て正答にたどり着いたことを察したのだろう。そのような台詞を漏らす。

「もしかして〝あの女〟とは黒貴妃(くろきひ)のことですか？」

「その通りよ」

と答えたのは涼やかなる女の声であった。感情が籠もっているのかいないのか分からない不思議な抑揚の台詞であった。

「扉が開いていたから勝手に上がらせてもらったわ」と言いのける女に、一同の視線が集まる。そこにいたのは喪服のような〝黒い〟着物を着た女であった。

「まさかこの診療所に来られるとは」

絶句した。命を助ける場であるこの診療所に一番ふさわしくない人物がそこにいたからだ。

「お久しぶりね。陽香蘭」

親しげな台詞を発すると彼女はにこりと微笑んだ。

「黒貴妃……」

香蘭の目の前にいたのは黒貴妃であった。黒い着物をまとった人物、香蘭も何度か対面したことがあるが、最初に出会ったときの印象が強すぎた。黒い手ぐすね事件、のことが脳裏に鮮明に思い浮かぶ。

黒い手ぐすね事件——それは宮廷を騒がせた一連の連続不審死事件だ。黒貴妃と呼ばれる宮廷占女が死ぬと予言した人物が次々と死に至ったのだが、その裏、いや、表にいた大臣が占いを利用して殺人を犯していたという顚末の事件である。黒貴妃は主導的な立場にいたのだが、事件の責任をまったく負うことなく、飄々と逃げおおせた。くせ者の女であった。

そのような女性がなぜ、このような場所に、と香蘭は不思議に思ったが、思考が纏まるよりも先に彼女は説明を始めた。

「私〝も〟皇帝陛下から依頼を受けたの」

「あなたが陛下が言っていた女性なのですか」

なぜ、という疑問にも彼女は回答してくれる。

「私にもそれなりに科学的な知識があってね。それに皇后様に信頼されているから」

たしかにこの女性は頭が切れる上に教養もある。占いの力によって皇后様に気に入られ、皇族とも大変に親しかった。皇帝自身はどのように思っているかは知らないが、依頼をされるのも納得である。

「というわけで私は貴方と一緒に不老不死の妙薬やら神薬やらを開発しなければいけないの。よろしくね」

手を差し出してくる。——ハンドシェイク、いわゆる握手であるが、ここで応じてもいいのだろうか？　握手をするのは悪手になってしまうのではないだろうか。

そのことを確認するために白蓮のほうを見る。彼は無表情であった。ただ、いつもの無表情ではなく、なにやら複雑な感情の起伏を感じさせる。白蓮と黒貴妃には香蘭以上の因縁があるのだ。昔、恋愛感情を抱いていた――と香蘭は推測している。白蓮と黒貴妃の顔を交互に見てもその残滓は見えないが。ふたりとも腹の底は決して見せないので表情からたいした情報は得られないのだ。

白蓮はつまらなそうに言う。

「建造物不法侵入」

黒貴妃も対抗するかのように、

「医療を施す人はどのような人物にも門戸を開かなければいけない」

と平然と返した。

「病人と怪我人にだけだ」

「あらそうなの。ならば私は大丈夫ね」と言うや懐から短刀を取り出すと、自身で指先を軽く切りつけた。真っ赤な鮮血がしたたり落ちた。

「怪我をしてしまったわ。どうか治療してくださいな」

とんでもない行為であるが、白蓮は舌打ちをしながらでも陸晋に治療道具をとってこさせた。ヒポクラテスの誓いとやらを守るためだろう。医者というのは患者がどのような人物であれ治療しなければいけないのだ。

計算高い黒貴妃は、「クスクス」と笑いながら治療を受ける。消毒し、包帯を巻くと治療は完了するが、白蓮はとんでもない額の治療費を請求し、黒貴妃は平然とその額を支払うと約束した。

「あとで家のものにとってこさせるわ。その前に陽香蘭とお話しさせて貰ってもいいかしら？」

「そいつに開く口と聞く耳があれば構わない」

もちろん、あるので香蘭は会話に参加する。

「黒貴妃、あなたとわたしが組んで不老不死の薬を開発することは承知しました。勅命です。お互いに拒否権はないでしょう」

「頑張りましょう」

「しかし、わたしには不老不死の薬を開発する当てがまったくないのです。どうしたらいいと思いますか？」

「そうね。仙丹を開発するのはどうかしら？」

「仙丹ですか？」

「そう。仙人が作る妙薬のこと。寿命が伸びる薬だと重宝されており、占い師界隈でも各地に伝わっているわ。占いで皆が聞きたがるのは何歳まで生きられるかだもの」

たしかに手相でまず見るのは生命線であった。

「どのような材料で作るのでしょうか？」

「うーん、定番なところでは桃だけを食わせて育てた幼女の尿、鷲の尾羽、神域に生えたブナの木の朝露。あとは水銀とかもいいわね」

「貴重な薬剤ばかりだ」

それならば効果は多少あるかも、と思っていると白蓮が口を挟む。

「水銀は猛毒だぞ」

「水銀は猛毒なのですか？」

香蘭はそもそも水銀というものがよく分かっていない。

「水銀とはあれだ。体温計に入っている物質だな」

「あれが水銀なのですね」

「水銀は、常温・常圧で液体となる唯一の金属元素。元素記号は『Hg』。銀白色の光沢を持ち、金属水銀、無機水銀、有機水銀の三種類に大別される」

「よく分からないけどすごそうだ」

「すごいよ。唯一無二の物質だ。その特性を利用すれば様々なものを作れる。体温計もそのひとつだが」

「体温計は我が診療所で大活躍なのに」

「毒にも薬にもなるという言葉があるが、こと水銀に限って言えば毒にしかならない。しかも猛毒だ。しかし、常温で液体になるという珍しい特性から神秘性を帯び、古代から特別な秘薬として珍重されてきた」

「そうね。占女界隈でもそのように言われているわ」

「しかし、その不思議な特性から神秘性を見いだした古代の権力者たちは、これは〝不老不死の薬〟の材料に違いない、と妄想を抱き、飲み続けた。結果、多くの権力者たちが水銀中毒で死んだ」

「不老不死を求めた結果、毒薬を飲むなんて滑稽ですね」

「人の業とは深いものね」

黒貴妃も同意し、「助かったわ」と続ける。

「もしも仙丹作りをしていたら私が首を刎ねられるところだった」

「そうしたら解剖の練習台にしてやるよ」

冗談だろうが、冗談には聞こえない。

「でも、仙丹そのものを諦める必要はないんじゃなくて？　身体によいものを詰め込めば不老不死の身体を得られると思うのだけど」

「そうですね。永遠の命は難しくても健康長寿に繋がる医薬品の研究をしたいところです」

「私は占い的観点から不老長寿を模索してみようかしら」

香蘭と黒貴妃は腕を組んで考え込むが、結論は纏まらなかった。

「まあ、不可能でもやるしかないのだけど。それが勅命というもの」

当たり前の結論である。皇帝にやれと言われればやるしかないのだ。無駄だと分かっていても行動に移すしかなかった。「せいぜい頑張れ」という白蓮の気のなさそうな言葉を頂くと香蘭と黒貴妃は不老不死の妙薬を求めて旅立った。

†

旅立つと言ってもそんなに遠くに行くわけではない。横で不可能不可能と言われては議論が進まないので場所を移すだけであった。黒貴妃が場所を提供してくれるという。彼女は後宮の隅の静かな場所に館を構えている。皇帝陛下から下賜された館だ。そう聞くととても豪華な館を想像するが、敷地もそう広くなく、造りも質実剛健でこぢんまりとしており瀟洒(しょうしゃ)な建物だった。

五品官相当の貴妃の家としてはまことに質素としか言いようがないが、これは彼女の性格を如実に表している。占いの能力によって皇后に取り入り、権力を得た彼女であるが、その権力によって豪勢な暮らしをすることになんら興味を持っていないようだ。中に入れて貰っても華美な調度品は一切ない。ただ洗練されてはいるが。

小洒落(こじゃれ)た椅子に座ると彼女は女官に茶を所望した。茉莉花茶(まつりかちゃ)だ。とても良い香りが鼻(び)

腔（こう）をくすぐる。また一緒に出された茶請けが絶品だ。これは陸晋にお土産として持って行ってあげたいな、と思わず紙に包んでしまいたくなるが、黒貴妃は香蘭の心を読んだかのように桐箱（きりばこ）に入ったお菓子を手渡してくれた。びっくりしてしまうが彼女は僅かに口角を上げると言った。

「私は占い師よ。貴方の欲しがる菓子を当てられないで食べていけると思う？」

「……表情を読まれただけかもしれません」

香蘭は基本、占いを信じない。いや、興味自体がないと言ったほうが適切だろう。医者というのは生命の神秘に立ち向かう職業であって神秘主義とは対極にあるのだ。

——偉そうなことを言っても一時期、信じていたこともあるが。目の前の女性が「火（か）仙狐（せんこ）」という変名で書いた書物に傾倒していた時期があるのだ。そのときに白蓮にバーナム効果という現象を教わった。今の黒貴妃のように相手の表情を読んだり、さも当然のことを勿体ぶった物言いで言って相手に占いを信じさせる手口だ。もう引っかかってなるものか、と思うが、まったく逆の思いもある。

——この女性は本当に未来が見えるのではないか、と。黒い手ぐすね事件だけでなく、その他の事件でもこの黒い雌狐（めぎつね）が裏で蠢動（しゅんどう）していた。香蘭自身、彼女の占いの力を間近で目にしているのだ。自然科学（サイエンス）とは対極にある黒貴妃の存在は医者である香蘭にとってより不気味に感じた。

もっとも彼女の人柄はそれほど嫌いではないが。決して自分の腹の内を見せないタイプであるが、人当たりも良く理知的な女性であった。黒貴妃は茶に数度口を付けると話を始めた。

「さて、それでは不老不死の薬を探す旅に出るけど、貴方には心当たりがある？」

「まったくありません」

率直に言う。

「素直でよろしい」

「黒貴妃、あなたは占い師です。占いでなんとかできないのですか？」

「私は失せ物探しが苦手で」

「これは失せ物探しではなく、運命の探求です」

「ものは言い様ね。でも、なんの脈絡もなく占うことは難しいわ」

「この前出会ったときは何の脈絡もなくわたしに示唆を与えてくれたではないですか」

「それが運命だったのね。今言えることは運命はまだ私たちの味方ではない」

「都合がいいなあ」

「ふふふ、冗談よ。でも、貴方は私の占いの力をあまり信用していないようだから」

「――半信半疑のやや信じている寄りです」

「藁にもすがる、という感じね」

「そうですね。永遠の命について占っていただけますか？　まずはどこに行けば手掛かりを得られるか、占ってほしい。それをとっかかりにしたい」

「そうね。無為無策にここで延々とお茶を飲んでいるのも悪くないけど、その間に陛下の尊いお身体になにかあったら困るものね」

黒貴妃は即答すると女官に茉莉花茶と茶菓子を下げさせ、テーブルの上に札を広げた。見たことがない模様が描かれている。

「それは？」

「これは西域の果てにある国の占い道具。他呂戸（たろと）というものよ」

「たろと、ですか」

「二二種類の図案と並び位置で吉凶を占うの」

「なるほど、陰陽思想とも違うものなんですね」

「そういうこと」

黒貴妃はそう言うと手際よく札を混ぜ、塔や天使や偉そうな人の絵の札を並べていく。香蘭にはそれがなんの札であるかも分からないし、どのような意味があるのかも分からない。ぽかんと黒貴妃の手元を見つめるが、とある札を出したとき、彼女は僅かに眉をひそめる。珍しく小さなうなり声を上げる。冷静沈着な黒貴妃にはそぐわない反応だ。

「なにかあったのですか？」

「貴方に隠し事をしてもしかたないから言ってしまうけど、永遠の命を持っている人はいるみたい」

「本当ですか？」

「本当よ。北胡との国境の近くに住んでいる、と出たわ」

「正確な場所まで。しかし、本当に永遠の命を持っているものなど存在するのでしょうか」

「私の占いがはずれたことはないわ」

香蘭は記憶の糸を辿(たど)るが、たしかにその通りであった。しかし、この世界に永遠の命を持つものが存在するなど信じられない。先ほど白蓮が言ったように人間の寿命には限界があり、儚(はかな)い。だからこそ尊いと香蘭は思っていた。

「しかし永遠の命を持つものがいるのならば会えば不老不死の薬を作る手掛かりになるかも」

「そうね。人魚の肉を食べれば永遠の命を得られるらしいし、そのものを薬の原料にしてしまえばいいかも」

黒貴妃の黒い冗談であろうが、半分真顔だ。ともかく、手掛かりが他にない以上、その人物を見つけるしか方法はなさそうであった。

「それではそれでお願いいたします」

「他人事のように言わないで。おおよその場所は分かったけど、私が占えるのはそこまで。詳細な場所を調べるのは貴方よ」

「わたしがですか」

「そう。それではお願いね」

にこやかにそのように言い放つと黒貴妃は優雅に手を振る。まったく食えない人だ、と思いながら香蘭は調べ物をするため、宮廷にある蔵書庫に向かうことにした。

†

中原国の宮殿には立派な図書館がある。それもひとつではなく、複数。香蘭はその中でも医学や歴史について書かれたものが多く収蔵されている建物に向かうと、蔵書の中から不老不死に関係がありそうなものを選び、手当たり次第に目を通す。

不老不死について書かれた書物は多い。どれも眉唾であるが、三〇〇年生きた仙人の話など掃いて捨てるほどあった。

たとえば不老不死の妙薬を手に入れるため、皇帝から多額の資金と三〇〇〇の童を貰い受け、遥か東にある蓬萊という島国に向かった男の話がある。彼は中原国を統一した初代皇帝に「あなたの治世を永遠にするために」と進言し、遥か東の国に旅立った。無論、男が戻ってくることはなかった。後世の歴史家は彼が皇帝を騙し、蓬莱で優雅に暮らしたと推測するものもいる。あるいは蓬莱の不死山にも不老不死の神薬の手掛かりはなく、皇帝の処罰が怖く蓬莱で暮らすしかなかったとも。

あるいは白蓮が言ったとおり、水銀を不老不死の妙薬だと信じ込んで、結果、水銀中毒で死んだ皇帝もいる。銀色の液体を有り難がりながら飲み、衰弱していく姿は哀れであった。

またある女帝は永遠の若さを手に入れるため、何百人もの女を殺した。処女を殺し、その生き血の風呂に入ることによって永遠の若さと美貌を保とうとした。

彼ら彼女らの生年と〝没年〟が記載されていることから結果、永遠の命も若さも手に入らなかったことは明白であった。

「……これは調べるだけ無駄かな」

徒労感だけが湧いてくるが、諦めるわけにはいかない。歴史的に有名な人物から永遠の命の手掛かりを得ることは諦めたので、無名な人物から探ることにした。民間の伝承やお伽噺を漁る。すると面白い村の話が見つかった。

【中原国の中央部に不老不死の村があり】

興味深い記述であるが、似たような話はいくつかあった。香蘭が着目したのはその場所に心当たりがあったからだ。

『――本当よ。北胡との国境の近くに住んでいる、と出たわ』

黒貴妃の占いの言葉を思い出す。

今現在、中原国は領土を北胡に侵食されている。つまり昔の中原国の中央部が今は国境となっているのだ。

「黒貴妃が言っていたのはもしかしてそこなのでは……」

そのように漏らすと書物をめくる。そこには永久村と書かれていた。いかにもな名前である。なんでも永久村は長寿の一族ばかりが集まる村で九〇超えの老人がたくさんいるらしい。驚くことに一五〇歳、二〇〇歳超えのものもいると書かれている。

眉に唾を塗りたくりたくなる話であるが、黒貴妃の占いの確度を考えるとそうも言っていられない。これは現地に赴く価値があるかな。そう思った香蘭はそこに向かうことにした。

父母に事情を話すと両者、困惑する。「嫁入り前の若い娘がひとり旅などとんでもない！」というのが両親の主張であるが、世間一般としてはそれが正しい。しかし香蘭は世間の常識の範疇外の娘であった。「行きます」と、きっぱりと言い放つ。両親も娘を説得するなど不可能と分かっているのだろう。行かせてはくれるが、母は「よよよ」と泣いていた。また婚期が遠のくのだそうな。母が元気なうちに孫の顔を見せてあげることは難しいので無視を決め込み、旅に必要なものだけを持って家を出た。

　さらば生まれ故郷、若き大志を抱いて旅立て。そんな詩が浮かんだがおそらく、古代の詩人がすでに詠んだものだろう。

　香蘭は馬車に揺られる。陽家には立派な馬車があるが、旅で使用するようなものはない。知人から借り受けた馬車に揺られる。

　南都を出て数週間、北胡との国境にある永久村にようやく到着した。その村はどこにでもあるような辺鄙でこぢんまりとした村だった。ただ文献によればここが歴史的にも名高い長寿の村であるはず——そのような視点で観察するが、たしかに平均年齢が高いように見受けられる。ただ、三〇〇年生きていると思しき仙人は歩いてはいなかった。

「真っ白な髭を生やして、觔斗雲に乗っている仙人がいたらそれはそれで喜劇のようではあるが」

　南都の裏路地で繰り広げられている三文芝居を思い出す。

　いくら村を歩いてもそのようにベタな老人は見かけなかったが、散策しているうちにとある共通点に気が付く。

「同じような顔立ちの人々が多いな……」

この村の人々は皆、似たような顔立ちをしていた。妙に整っているのだ。美男美女ばかりであった。南都に行けばモテそうなものばかりだ。皆、役者のような顔をしている。

「長寿であり、美男美女ばかりなのか」

いいことずくめだな、と思いながら声を掛ける。

「すみません。わたしの名前は陽香蘭と申します。宮廷医見習いのものです」

一二品の位を賜っております、とは付け加えない。権威主義とは無縁でいたかったからだ。ただ、身分を名乗ったからだろうか、快く挨拶してくれる。

「おお、都の方ですか。俺は李井と申します」

「初めまして。あのう、ここは不老長寿の村だと聞いたのですが、本当でしょうか？」

「不老長寿ですか。近隣の村々からはそのように言われますが、最も長寿のものでも九〇代ですよ」

長生きではあるが、不老不死ではない。

「情報ありがとうございます。なにか些細なことでもいいので心当たりがあったらお声がけください。わたしはしばらくこの村に滞在しますので」

ぺこりと頭を下げ、李井を解放する。

他の若者にも声を掛けてみる。田舎なまりの言葉で挨拶してくれるが、そのものも不老不死の情報は持っていなかった。

次に女性にも声を掛けるが、彼女も同様であった。ちなみに彼女は李羽音と名乗った。

「羽音さん、初めまして。あのう、この村は不老長寿の村なのでしょうか」

「まさか、そんなことあるわけないでしょう」

「しかし、特別な村のような気がします。美人ばかりだ」

「それはよく言われるよ。この村のものは嫁に行くときに大人気なんだ。あたしは村の男と結婚したんだけど」

羽音は闊達に笑うが、それ以上の情報は与えてくれなかった。

ならばお年寄りならば知っているのではないかと声を掛けるが、その老人も李であった。長話が好きな老人で不老不死については教えてくれない。ならば他の老人はどうかと尋ねてみるが、彼女は半分、惚けていた。要領を得ない。その老女もまた李であった。十数人声を掛けたが李でないものはひとりしかいなかった。

「李さんの大売り出しだな」

という感想が浮かぶが、不老不死とは関係がなさそうなので捨て去ると引き続き手掛かりを探す。するとひとりだけ不老不死に関係がありそうな人物を見つけた。なんでも村はずれの庵に何百年も生きている男がいるという。その情報を教えてくれたのは村の童であったが、童が口を滑らせると母親は「っし」と童の口を押さえ、「この子が教えたことは内緒にしてくださいね」と念を押した。

る。

「なにか怪しいな」

そう思った香蘭は永久村ではなく、近隣の村を当たった。すると有力な手掛かりを得

「永久村には何百年も生きている男がいる」

「そこは不老長寿の村だよ。なんでも永遠の命を得られる泉が湧き出ているとか」

「大昔にもどこかのお偉いさんが長生きの秘訣を探りにやってきたことがある」

永久村の外れに何百年も生きている人間がいるというのだ。

喜び勇む香蘭だが、疑問も湧く。

「なぜ、永久村の人たちはその情報を隠していたのだろうか？」

まるで不老不死の男が存在しないかのように彼らは語っていた。

これはなにかある。

そう思った香蘭はそこに向かうが、いざたどり着いてみると拍子抜けする。そこにいたのは二〇歳前後の男性だったからだ。不老不死というのだから仙人みたいなおじいさんを想像していたというのに。まあ、仮に彼が二〇歳のときに不老不死になっていれば辻褄は合うのだが。だがそれにしても雰囲気がないというか、特別感が一切ない。不老不死のものならば独特のなにかを纏っていてもおかしくないが、このものはどこまでも

ありふれていた。これまた見当違いか、と思いながら声を掛けてみる。

「あなたは不老不死ですか？」

「そうだと言ったらどうしますか？」

「秘訣を聞きたいのです」

「ならば無駄です。俺はその方法を知りませんから」

話はここでおしまい、とはならない。彼は〝自分〟が不老不死であることを否定しなかった。つまり不老不死である可能性が残されているということである。あくまで可能性だが。質問の仕方を変える。

「近隣の村人は口々にあなたのことを噂していました。何百年も生きている男がいると」

「俺のことでしょうなあ」

のらりくらりとかわされる。

「そのものはこの長寿村でも一際長生きで、太古の昔からこの村に住んでいるという」

「長年住んでおります」

「そのものはなにも食べなくても死ぬことはなく、傷を負ってもすぐに回復してしまうとか」

「ほお、便利なものです」

彼は家に案内してくれるが、そこには水も食料も備蓄されていた。霞を食べて生きているわけではないようだ。

ううむ、やはり見当違いなのだろうか。そのような結論に至ると、青年は「ははは」と笑う。

「その噂は多分、俺が李東進だからでしょう」

「李東進？」

「はい。我が家は代々、同じ名前を世襲します」

「なんと」

この国では名前を世襲するのは珍しい。先祖と同じ名前を名乗るのは不遜、不敬であるという概念があるからだ。

「しかもこの村は同じような顔立ちのものが多いでしょう？」

「たしかに」

「この村のものは近親婚が多いのです」

近親婚とは近しい親兄弟が契りを結ぶことを指す。

「あちこち訪ね歩いたご様子。近隣近所が李ばかりなのはすでにご存じでしょう」

「はい」

「皆、親戚みたいなものですよ」

「なるほど、同じような顔立ちが多く長寿の村、そして代々同じ名前を襲名している」

香蘭の灰色の脳細胞が働き始める。

「――つまり、周辺の村々の人々から見ればあなたは何百年も生きているように見えても不思議ではない」

「はい、そうです」

からくりを聞けば納得である。謎は氷解した。――だが、それではなんの解決にもなっていないことに気が付く。また振り出しに戻ってしまったのだ。黒貴妃はたしかにこの村に不老不死の人物がいると言ったのだが、それは〝周り〟が勝手に不老不死と誤解しているだけの人物であった。香蘭たちが求める人材ではない。不老不死の人物を研究してそこから不老不死の秘法にたどり着くという目算が見事に崩壊してしまった。

これはもうこの村にいても意味はないかな。そう思った香蘭は青年の家をあとにする。仮宿にしていた場所に向かうと、そこで荷物を纏めとぼとぼと帰る準備を始めるが、思わぬ人物に声を掛けられた。

真っ黒な着物を着た女性に話しかけられたのだ。なぜ、彼女がこのような場所にいるのだろうか。黒とは対照的な白い肌の女性は悪戯好きの童女のような顔で微笑んだ。彼女はさも当然のように、

「私は占い師よ。貴方が困っていると占いに出たからやってきたの」

「有り難いですが、それもバーナム効果でしょう。元々、不老不死の人間などいるわけがないのだから、わたしが困るに決まっているはずだ」

「そんなことはないわ。この村には〝必ず〟不老不死の男がいる。それは間違いない」

「悪魔の証明だ。いないものを証明することは難しい」

「そうかしら。貴方が先ほど会っていた男が不老不死かもしれないわ」

「耳が早いですね。監視していたのですか」

「これも占い」

どこまでが本当で、どこからが嘘かは分からない。この女性はかつて白蓮と恋人のような間柄だったのだ。煙に巻く力は白蓮と同等と見てよいだろう。問い詰めても始まらないので話を続けるが。

「先ほど会った青年は不老でも不死でもありませんでした。家には食べ物があった。水があった」

「不老不死の人間はご飯を食べてはいけないの？」

「……そんな法はありませんが」

香蘭は言う。

「ただ彼はどこにでもいる普通の青年でした」

「普通の青年は不老不死であってはいけないの？」

「……もちろん、そんな法もありません。ただ、この村のものは似たような顔立ちが多い。そして李東進は世襲名だそうです」

「何度も言うけど、同じような顔立ちで、世襲名の人間が永遠の命じゃいけないの？」

なにを言ってもオウム返しのように反論される。これでは議論にならないと憤慨すると、黒貴妃は軽く笑った。

「小馬鹿にしているわけではないのよ。ただ、貴方の証言はすべて不老不死ではない確率が高い情報であって、不老不死ではないことを証明するものではない」

「それではどのようにすればいいのですか？」

「簡単よ。私に任せて貰える？　ちょっと手荒な真似をするけど」

「手荒な真似？」

「そう。計画を聞けば貴方は絶対に反対するから詳細は内緒。でも手伝ってほしいの」

「返答に困るお願いだ」

「そうね。でも勅命を成すにはこれしか方法がないの」

「……ならば従いますが、法と道徳に反することはしませんよね」

「約束するわ」

黒貴妃はそのように請け合うと、計画を打ち明けた。

彼女の計画は奇妙だが、簡単なものであった。香蘭が青年を竹藪（たけやぶ）に誘い出し、歓談をするというものだ。青年の注意を引きつけておけばいいらしい。さらに言えば万が一に備え、医療道具を持ってきてほしいのだそうな。

「なぜ、医療道具が必要なのです？」

「お医者様と医療道具は揃っていてひとつでしょう」

「そうですが、常日頃から持ち歩いているわけではありません」

村で情報を集めている間は仮宿に置きっぱなしだった。案外、あの道具箱は重いのだ。

「ならば必ず持ってきて。九割九分九厘あの男が不老不死だと私は思っているけど、一厘の可能性で外したときに必要なものだから」

「不穏と不安しか感じないのですが……」

背筋に冷たいものが走る。

「その感情は胸の奥にしまい込んで実行しましょう」

黒貴妃は涼やかに言い切ると、計画を実行すべく優雅な動作で踵(きびす)を返した。

†

「李東進を竹藪に誘い込むか」

簡単な命令であるし、実行するのも容易(たやす)いが、一応誘った理由を考えておかねばなるまい。竹藪で愛の告白をするというのはどうであろうか。

「いや、本気になられても困るし」

香蘭はひとり口ずさむ。

「ならば竹の子を狩るというのはどうであろうか？」

ちょうど旬であるし、いい口実だが、まだ会って二回目の間柄で竹の子狩りに誘うのも変な話である。

「……普通に散歩に誘うか」

それが無難というか、それ以外に自然な方法はないように思われた。

香蘭はまっすぐな性格で嘘をつくのが苦手なのだ。竹藪で話したいことがあると素直に切り出すくらいしか口実が見つからなかった。

李東進は家の軒先で薪割りをしていた。汗だくになっている。なかなかに恵まれた身体をしていた。普通の娘ならば頬を赤らめてしまうのだろうが、香蘭は医者、特段、なにも感じない。強いて言えば健康そうだなあ、と感心しただけであった。

薪割りに精を出している青年に声を掛ける。

「ああ、香蘭さんじゃないですか」

「昨日ぶりです。李東進さん」

「本当に昨日の今日ですね。まだ俺になにか用が？」

「用というほどのものでもありませんが、ちょっと世間話でもしたいと思って」
「そうなんですか。てっきり、まだ俺のことを不老不死だと疑っているのかと思っていました」
「仮にそうだとしても証明する手立てがありませんから」
「まあ、でしょうな。仮にそうだとしても俺は認めませんから。ははっ」

茶化し合いながら竹藪に向かう。

竹の子がにょきにょきと生えている竹藪の中をすいすい進むと、ちょうどいい切り株を見つけたのでそこに腰を掛ける。まるで香蘭たちのために設えたかのようであった。そこに座ると竹林の清涼感を存分に味わいながら歓談をする。この村の気候はどうか、今年の作物の実りはどうなるだろう、都で流行っているものはなにか、本当にとりとめもない話が続く。香蘭自身、誘い出していることを忘れてしまいそうなくらい自然に話せていた。──ただ、これは黒貴妃が用意した策略のひとつであると思い出すと同時に、彼らはやってきた。全身、黒装束の男がひとり、ゆらりと現れたかと思うと、男は流れるような動作で持っていた竹槍を李東進の背中に突き刺した。

「なっ⁉」

香蘭は思わず絶句してしまう。黒ずくめの男は黒貴妃の配下のものであることは間違いないが、まさかこのような暴挙に出るとは思っていなかったのだ。

「なにをするのです！　黒貴妃!?」

近くにいるであろう黒貴妃に向かって叫ぶと、彼女は竹藪の中からすうっと出てきた。

「なにをって竹槍で李東進を刺したのだけど？」

「なぜ、このような暴力的な手法を使うのです」

「手っ取り早く不老不死か分かるでしょう」

「法と道徳に反する行為はしないと言ったのに」

「〝私〟の中での法と道徳は犯していないわよ」

けろりと言い放ってから彼女は「それよりも」と続ける。

「これで李東進が不老不死か判明するわよ。それとも不老不死でなければ貴方の力が必要でしょう」

そうだった。香蘭は医者なのだ。まずは怪我人の治療から始めなければ。当たり前のことを思い出しながら道具箱から止血用の布を取り出し、傷口を見る。

「……ぐう」

と唸り声を上げている李東進の傷口を確認するため、衣服を切り裂く。傷は幸いと致命傷ではなかった。重要な臓器は見事にはずれている。しかし浅くはない。かなり深いところまで達している。すぐに処置をしなければ絶命してしまうだろう。そう思った香蘭は早速止血の処置を始めるが、途中、奇妙な光景に目を奪われる。竹槍によって穿たれた傷がぶくぶくと泡を吹き始めたのだ。こんな症状は見たことがない。

「こ、これは⁉」

驚く香蘭を見て黒貴妃は妖艶に微笑み言った。

「ほうら、私の言った通り、この男はやっぱり不老不死よ」

「これがその証拠だと？」

「そうよ。見てご覧なさい。どんどん傷口が塞がっていくわ」

李東進の傷口をつぶさに観察するが、こんな光景は見たことがない。普通の人間はこのような目に見える速度で傷口の肉が盛り上がってきたりしない。男はものの数分で傷口を修復させ、痕ひとつ残さなかった。

驚愕の表情で見つめる香蘭。李東進はばつが悪そうに頭をかいた。

「まさかここまでされるとは思っていませんでした。もう隠し事はできませんよね」

男はそのように言うと、自分の秘密を告白した。

「俺は不老不死です。かれこれ千年ほど生きています」

「な⁉　千年も⁉」

「はい。なぜ、不老不死になったのかは知りません。二〇歳くらいまでは普通に成長していました。ただ、そこで成長が止まり、以後、老化していません」

そんなことがあり得るのだろうか、とは問わなかった。先ほどの光景を目にした以上、反論することなど不可能であろう。

「本当に千年生きているのですね。老いもせず、病気もせずに」

「はい」

「それはすごい」

「すごいことかもしれませんが、いいことではありません」

「なぜです、亀は万年、鶴は千年、長生きはいいことです」

万歳という言葉がある。一万歳生きれば幸せという意味の言葉であるが、健康長寿は全人類の夢のはずであった。

「永遠の命はそんなに幸せなことでしょうか？」

李東進はため息をつきながらこう問いかけ、

「永遠の命などいいものではありませんよ」

と断言をする。

李東進は淡々と話す。

「この世界は嫌なことばかりです。戦争、疫病、確執。それらを延々と千年間見せつけられているこちらの身にもなってください」

「……」

　千年と言えばこの大陸に興った国々の存亡を目の当たりにしてきたはずだ。中原国の前の前のそのまた前の王朝も知っているはず。国が滅ぶたびに繰り広げられる混乱も何度も見てきたはずであった。人々の悲しみと苦しみを延々と見せつけられるのだ。

「それに親しくなったものは皆、確実に俺よりも先に死にます。この千年間、何度妻を娶って、その死を看取ったことでしょうか？　もはや俺には流れる涙もない」

　そのように嘆息すると彼は己の首を掻き切ろうとする。香蘭は慌てて止めたが、李東進はそれを無視し刀を引く。大量の血しぶきが上がるが血はすぐに止まり、傷口がふさがっていく。

「……何度見ても信じられない」

「一度、首と胴を切り離してみましたが、それでも駄目でした。俺はこの愛別離苦の苦しみから未来永劫抜け出ることができないのです」

　さらに深い嘆息が漏れ出た。これが永遠の命の結末か、と香蘭は寂寥感に襲われた。

　古代からあらゆる権力者が永遠の命を求めてきたが、彼らがもしも李東進と同じ立場になっても幸せだったろうか？　永遠に生きるということは、永遠に死なないのだ。永遠に苦しみ続けるということと同義なのである。香蘭はそう思った。

「永遠の命か。皇帝陛下はそれを手に入れてどうされるつもりなのだろうか？」

永遠に風流に生きるつもりだろうか。詩作に興じ、船遊びをし、水墨画を描き、女人と戯れているのだろうか。いや、それすらもいつか飽きてしまうだろう。永遠の命を得た皇帝の姿を思い浮かべると寂寥たるものを感じる。きっとそこには幸せもなにもない。ただ虚無があるだけのように思われた。

香蘭は悲しみに沈む青年に同情し、これ以上、あなたを追及しないと約束する。香蘭はともかく、欲にまみれた俗人たちが不老不死の存在を知れば必ず牙をむき出しにしてくるからだ。永遠の命を得るためにその肉を喰らおうとするかもしれない。それでなくても実験台にされるのは目に見えていた。そのことを伝えると李東進は目を丸くする。

「あなたは俺の身体に興味がないのですか？　医者なのに」

「もちろん、興味津々です。しかし、わたしは医者である前に人間なのです」

「…………」

「永遠の命を生きるものの苦労が分かる。むしろその苦悩を取り除いてあげたいと思っている」

「……ありがとう」

李東進は噛みしめるように言った。

「悠久のときを生きてきましたが、あなたのような言葉をくださった方は初めてだ」

李東進は涙ぐむ。

「空約束はできません。それに医者なのであなたに死をもたらす薬を開発することもできない」

医者は人を殺してはならないという誓約があるのだ。

「しかし、不老不死という病を治す薬ならば作れるかもしれない。何年、何十年掛かるか分かりませんが、きっと作ってみせます」

「ありがとう。本当にありがとう。何百年、何千年でも待っています」

李東進は軽く涙ぐみながら香蘭の手を握ってくれる。香蘭は李東進に別れを告げる。

黒貴妃は「あらら」とぼやいていた。

「永遠の命に繋がる手掛かりをあんなにあっさり逃がしてもいいの？」

「彼の肉を食っても永遠の命は得られないでしょう」

「どうしてそう思うの？」

「彼のような不死身の人物がたくさんいればその存在はすぐに露見するはず。彼はこの世で唯一の存在だと思います」

「見事な消去法」

「それに永遠の命がどのようなものか、あなたも分かっているでしょう」

「分かっているわ。最初からね」

「……」

「私はただ陛下の命令にしたがったまで。占いで永遠の命を持つものがいるとは分かったけど、その方法は探れないと分かっていた」

「なぜ、それを最初に言わないのです」

「言っても貴方は探すのをやめなかったでしょう。好奇心の塊なのだから」

「……それは認めます」

もしも黒貴妃が占ってくれなければ香蘭は何年も永遠の命を探し続けていただろう。その虚ろさと無意味さを知るのに大量の時間を費やしたはずだ。それを考えれば黒貴妃の行為は香蘭にとって有り難いことだったのかもしれない。南都への帰り道、黒貴妃の馬車に同乗するとそのお礼を言った。

「お礼は有り難いのだけど、陛下にはどのように取り繕うべきかしら。穏やかな方だから首は刎ねられないと思うけど、もしかしたら黒貴妃の称号を剝奪されてしまうかも」

少しも惜しくなさそうに「困ったわね」と言う。香蘭も報告の仕方を間違えれば宮廷を追放され、二度と参内することも叶わず、宮廷医の道を断たれるかもしれない。

そのように思ったが、解決策は師の白蓮に託すことにした。師は香蘭が知る中で一番の知恵ものだからだ。

南都に戻ると黒貴妃と一緒に白蓮に帰還の挨拶をし、詳細を話す。師は「こちらの世界には本当に永遠の命を持つものがいるのか」と驚嘆した。

「まあ世の中不思議に満ちあふれている。生まれてすぐに死ぬ赤子もいれば、千年生きる男もいるというわけだ」

「はい。永遠の命の無意味さを知りました」

「俺は最初から知っていた。こんな糞みたいな世界から早々におさらばしたいからな」

皮肉と諦観に満ちた考えを披露してくれるが、この世界には闇もあれば光もある。負の面だけを見れば際限がない。朝、起きて小鳥のさえずりを聞きながら散歩をするのはなににも代えがたい幸せなのだ。

「しかし、陛下にはなんて説明しようかしら？」

黒貴妃は本当に困ったわ、という顔をした。

「そうだな」

さすがの白蓮も悩んでいるようだ。波風を立てずに任務が失敗したことを伝える方策を考えている。思案を巡らせること数分、それでも纏まらず近所を散歩してくると診療所を出ると、戻ってきたときには手土産を用意してくれていた。

「いい考えを思いついた。皇帝にはこう言え」

悪巧みなのに大声で告げるのは白蓮らしい。

師の作戦を一言で要約すると、

「永遠の生命とは概念である」

ということであった。

白蓮はその後香蘭と黒貴妃に子細を話すと、あとのことは託す、と入院患者がいる病棟へと向かった。酒家でも碁会所でもないので文句は言えない。そもそも勅命は香蘭と黒貴妃に下されたものであった。自分たちで取り繕うしかない。

香蘭と黒貴妃は互いに相談し、どのように皇帝に上奏するか手順を確認し合った。

香蘭と黒貴妃は皇帝に格式通りの挨拶をするといきなり核心に入った。

「結論から申し上げますと、永遠の命はあります」

その言葉を聞いたとき、皇帝はもちろん、群臣たちも驚いた。

「今なんと申した？」

「永遠の命はあると申し上げたのです」

皇帝はもちろん、群臣たちもそのようなものはないと端から承知の上で命令を下したのだろう。あるいはもしかしたら黒貴妃を嫌う一派が黒貴妃を失脚させるために無茶な要求をさせたのかもしれない。群臣たちを見るが、すまし顔をしている連中が何人かいる。ただ、彼らを一言弁護すれば黒貴妃は香蘭が所属する東宮の一派ともまた敵対している。今は黒貴妃と協力関係にあるが、決して〝敵の敵は味方〟ではないのだ。

ただ、今は運命共同体、共に皇帝に説明をする仲間であった。黒き美しい姫は一歩前に出て上奏する。

「永遠の命はあります。しかし、永遠の生はありません」

その言葉に皇帝は首をかしげる。

「どういう意味であるか？」

「はい。人には寿命があります。人の生は定められているのです」

「それを伸ばしたいのだ。永遠に」

「永遠は不可能です。多少伸ばすことは可能ですが」

この言葉は香蘭である。

「健康に気を遣い、適度に運動をし、身体に良いものを食べて、心に負担が掛からない生活を送る。さすれば長寿を得られましょう」

「朕は何歳まで生きられる？」

「それは……」

言いよどんでしまったのは寿命は人それぞれに違うからだ。皇帝は今のところ健康体に見えるが、明日死ぬ可能性だってある。香蘭にそれは予見できない。困っていると黒貴妃は言った。

「陛下は一二〇歳まで生きられますわ。私の占いにそう出ております」

「まことか？」

「はい。私の占いははずれたことがございません」

「であるな。ならばよし。しかし、永遠の命はあるのに永遠の生がないというのはどういうことだ？」

香蘭は謹んで申し上げる。

「永遠の命とは概念だからです」

「概念、であるか」

「はい。例えばですが、我が国の高祖劉覇様をご存じですか？」

「無論だ。我が中原国を建国された偉大なる先祖だ。この国で知らぬものなどおるまい」

「ではうちの裏の辻で踊りを教えている老女の基夫人はご存じですか？」

「知るわけがなかろう」

「そういうことです。高祖劉覇様は誰でも知っている。つまり永遠の名声を持っているということです」

「…………」

「そもそも人に認知されなければ人は人ではありません」

「……ふむ」

「人は誰かに記憶されてこそ姿形を保つのです。うちの裏の辻の老女は家族とその近隣のものしか知りません。本人が死に、縁者も絶えれば彼女の存在はそこで消えます。ですが、高祖劉覇様は違う。この中原国がある限り、いや、人類が存続する限りその業績は記憶されるでしょう」

「……なるほど」

皇帝は立派な髭をさすった。

「つまり、おまえは朕に立派な業績を残し、後世にその名を伝えればいいと言うのだな」

「御意」

「たしかにそのとおりだ。永遠の生など存在しない。しかし人々に永遠に記憶されることはできるな。それが生きていた証となる」

「御意」

「しかし、朕は凡庸な皇帝だ。そのようなことはできない」

凡庸であることは周知の事実であったので香蘭はもちろん、群臣たちも擁護できない。皆、引きつった表情をする。皇帝もそれを知ってか知らずか、「かっかっか」と笑うと、

「それでは歴史でも有数の遊び人、花花天子として後世に名を残すか」

そのように風流な言葉で今回の一件を纏めた。

やはりこの方はどこか憂いと諦観に満ちている。生に執着していないようにも見える。なにか心の中に抱えるものがあるのだろう。

こうして不老不死の薬を開発する勅命は終わった。煙に巻いて糊塗したような結末であるが、陛下御自身が納得した以上、問題はない。香蘭は白蓮の元に報告に戻った。

「白蓮殿、すべて丸く収まりました」

「四角く収めてもよかったのだぞ」

角が立つように収めてもいいという意味であろうが、そんな喧嘩腰に収めても意味はない。

「しかしまあ、皇帝は案外すんなり納得したな」

「元から永遠の生などないと知っていたのでしょう。宮廷内のゴタゴタがあり、それを糊塗するために、誰かが持ち出したのかもしれません」

「例えば東宮の弟の劉盃一派とかか」

「そのあたりでしょうね」

そう言ったのは香蘭ではなく、黒い服の女であった。

「なんだ、勝手に入ってくるな、雌狐」

「ずいぶんなご挨拶だこと。私と貴方の仲なのに」

「赤の他人だ」

「これを持っていても同じ台詞が言える？」

彼女は手に酒がめを持っていた。有名な古酒だ。酒好きの白蓮は食指を動かさずにはいられない。

現金なもので酒を渡されると陸晋に酒杯とつまみを用意させ、ふたりで飲み始める。白蓮は無愛想に飲み、黒貴妃はおちょこに軽く口を付ける程度の飲み方であった。しばしふたりで無言で飲んでいると、おまえもこっちにこいと手招きされる。

ご相伴にあずかるが、この面子でなにを話せばいいかよく分からない。ふたりには浅からぬ因縁があるらしいので下手なことは口にできないのだ。「おふたりはどのようなご関係なのですか」と聞いてしまいたかったが、直球過ぎるだろう。ふたりはかつては愛し合っていた節があるが、今では愛憎渦巻く関係であるのは明白であった。白蓮の精悍な顔と黒貴妃の妖艶な顔を交互に見ていると、白蓮は言った。

「こいつと俺は腐れ縁だよ」

どうやら香蘭の考えなどお見通しのようだ。

「そうそう。ただの腐れた縁よ。もはや発酵しているわね」

黒貴妃も同意する。

ならばそうなのだろうが、ふたりはそれ以上なにも言わなかった。気まずい沈黙が流れるので、香蘭は話題を変える。

「しかし今回は黒貴妃、あなたの助力、有り難かったです」

「どういたしまして」

「あなたの占いがなければ李東進のもとへはたどり着けなかった」

「そんなことはないと思うわ。貴方なら時間は掛かってもたどり着けたはず」

「かもしれませんが、村でも助言をくれた。それに御前でも陛下を安心させてくれた。陛下も一二〇歳まで生きられれば本望でしょう」

「ああ、あれね。陛下はそんなに生きられないわよ」

「え……」

「あの場ではああ言ったほうが波風が立たないと思ったの」

「でまかせなのですか？」

「そうね」

「…………ちなみに陛下の本当の寿命をご存じなのですか？」

「知っているけど聞きたい？」

「――聞きたいです」

なぜならば陛下が崩御すれば一波乱あることを知っているからだ。東宮が次の皇帝になることは確定しているが、劉盃一派がそれを邪魔立てするのは明白であった。東宮派としては是非とも耳に入れておきたい情報である。

黒貴妃は「ふふ」と微笑むと香蘭に耳打ちをする。

「――――」

駒鳥のさえずりのような声で放たれた言葉。それはとても衝撃的な予言であった。

香蘭は信じられず、驚きのまなざしを向けたが、黒貴妃の表情に偽りはなかった。

「――仮にもしもその話が本当だとしたら――近く、騒乱が起きるな」

香蘭はそう遠くない未来に訪れるかもしれない騒動を想像した。

十五章　公主様と屁負い比丘尼

中原国の散夢宮(さんむきゅう)には変わった役職がある。

皇帝の飼っている鯉(こい)に餌をやるだけの役職。

皇帝の靴を磨くだけの役職。

皇帝の筆を整え、硯(すずり)を用意するだけの役職。

一見無駄に見える役職だが、実際に無駄であり、彼らの雇用には相当な金が掛かっている。もしもそれら不要な役職のものを解任し、金を福祉や医療に回せば、何人かの人間の命を救うことができるだろう。そのように思った香蘭は東宮に提案をしたことがある。

「東宮様、宮廷改革の一環として彼らに暇を出し、その分を民の福祉に回してはいかがでしょうか？」

出過ぎた行為であるが、香蘭はそのように提案した。東宮は大きくため息をつく。

「やはりおまえも無駄だと思うか」

「あれを必要だと思っているものなどいるのでしょうか」

「案外いる。おまえのように庶民的な経済感覚の持ち主はなかなかにいない」

「そもそもなぜ、鯉の餌やり専従の役職があるのでしょうか」

「端的に言えば皇帝の権威を内外に示すためだな」

東宮は続ける。

「皇帝は鯉に餌をやるだけの人間を養っている。皇帝は花に水をやるだけの人間を養っている。皇帝は一〇〇人単位で美姫を養っている。このような事実は権威に弱いものの崇敬を集める」

「わたしには無駄遣いにしか思えません」

「同感だ。もしも私が皇帝になったら真っ先に廃止させるが、それはもう少し先になる」

一日も早く、と言えば不敬になるので口にしないが。東宮が皇帝になるとき、それは今上陛下が死んだときなのだ。なので控えめに提言するに留めたのだが、勘のいい東宮は香蘭が言いたいことなどお見通しのようで口元を緩ませている。

「同じ志を持っていると分かって嬉しいが、しばらくはこのままだ。急激に宮廷改革をしようとすると私の立場も危うい」

東宮は未来の皇帝であるが、宮廷運営費をケチって皇帝の不興を買うのは失策だ。そうなれば改革以前の問題となる。ちなみに東宮が失脚した場合はその弟君である劉盃という人物が東宮になるだろうが、彼は現皇帝以上の浪費家であり、宮廷費の増大は免れそうになかった。

　なので香蘭は是が非でも東宮に皇帝位を継いで欲しかった。「そのためならばあらゆる努力を惜しみませんよ」と言うが、東宮はその言葉を聞き逃さなかった。

「今の言葉、誠か」

　と問いただしてくる。餌に食らいついた魚を見るような目つきであった。

　一瞬たじろいでしまうが、嘘偽りはなかったので「誠です」と言うと、東宮はここぞとばかりに香蘭に頼み事をしてくる。

「実はだな。皇帝に関する宮廷費は削減できないが、皇族に関する宮廷費は削減したいと思っているんだ」

「それは良きお考えかと」

「隗より始めよ、という言葉がある。まずはこの東宮御所から経費を削減しようと思っている」

「素晴らしいお考えですが、まずはなにから始めるのでしょうか」

「私には何人か妹がいるのは知っているな」

「はい。公主様が何人かおられるのは知っております」

「ひとり、変わった妹がいてな。まあ、なんだ。気位が高いというか、負けを認めない勝ち気な娘でな。屁をこけないのだ」

「………」

唐突な言葉に驚いてしまう。

「……へ、でございますか？」

「そうだ」

「へ、とはなになに『へ』のへでございますか？」

「違う。放屁の屁だ」

「……そちらですか」

文脈的にそうだとは思っていたが、一応確認する。

「しかし、放屁しない人間などおりません。公主様、ええとお名前は――」

「鈴麗だ」

「鈴麗様もおならをしていると思いますよ」

「無論しているのだが、屁をしても頑なに自分だと認めない」

「……変わったお人だ。健康の証だというのに」

「変わっているだけならばいいのだが、鈴麗のやつは屁負い比丘尼を雇っているのだ」

「屁負い比丘尼？　なんですか、それは」

初めて聞く言葉だ。

「屁負い比丘尼とは貴人がした屁を自分がしたと言い張るだけの役職の尼僧だな」

「……」

沈黙を通り越して絶句するしかない。

「無論、常設の役職ではない。しかし、気位が高い妹は自分が屁をするなど認められないのだろう。だから屁をすると屁負い比丘尼になすりつけるのだ」

「鯉に餌をやる役職よりも無駄な気がします」

「そのとおりだ。妹の鈴麗のもとへ行ってなんとか屁負い比丘尼を解雇するように説得してくれないか」

「分かりました」

香蘭は即答する。屁負い比丘尼はとても無駄な役職に思えたし、宮廷費を削減するのならばここであろう。香蘭は早速、東宮の妹のもとへ向かうが、彼女は開口一番に言った。

「嫌ですわ。悲喜の尼を解雇するなんてとんでもない」

鈴麗は東宮御所でも豪奢な館に住んでおり、たくさんの女官に囲まれていた。その中のひとりを解雇してくれと申し出ているだけなのだが、最初から交渉決裂だ。まあ、これは想定内であったので粘り強く行く。

「鈴麗様、そこをなんとかお願いいたします」

「無理と言ったら無理。わたしの女官はひとりたりとも解雇しないわよ」

「東宮様は宮廷改革をしておられます。まずは東宮御所から無駄な経費を削減しようとしておられます」

「無駄な経費なんて使っていないわ」

「おならの身代わりをするだけの役職は無駄だと思います」

「なにを言っているの？　わたしはおならなんてしません」

「そんな人間はいません。だからこそ屁負い比丘尼をおそばにおいておられるのでしょう」

「知りません。悲喜の尼はわたくしが子供の頃から仕えて貰っているだけ。おならのことは彼女が自主的にしているの」

そういう設定なのだろうが、無理がある。

「ともかく、悲喜の尼に解雇通告を出します」

「そんなものは受け取りませんからね！」

鈴麗はそう言い放つと、香蘭をぽいっと館の外に放り出してしまった。とりつく島がないとはこのことである。

「……弱ったな」

途方に暮れていると、香蘭に声を掛けるものがいた。

「そこのお嬢さん、あなたが東宮様のお遣いですか？」

見ればそこにいたのは年嵩の女性であった。女性の僧侶、尼のような格好をしている。彼女が件の悲喜の尼であろうか。香蘭の想像は正しかったようだ。

「はい。私が悲喜の尼でございます」

と言った。

想像よりもとても穏やかな人だ。彼女の主である鈴麗は勝ち気で強気であったが、彼女にはその傾向が一切見られない。

「あのう、私を解雇したいとのことですが、もしも東宮様がそれをお望みであれば甘んじてお受けしますので、詳細をお話し願えないでしょうか」

なんとも謙虚で話の分かる人だ。そのような人を粗略に扱うことはできないので香蘭は彼女に事情を話すことにした。辞めていただくにしても懇切丁寧に話をしなければ人の道に反すると思ったのだ。

香蘭は彼女を東宮の一角に招くと、宮廷の財政状況について説明した。

「……やはり宮廷の台所事情は厳しいのですね」

「はい。北胡との戦争が激化しておりますし、それに無駄な出費を抑えてその分を福祉に回したいのです」

「分かります。私ひとりの給金で何人も救えるでしょうから」

「はい。しかし、あなたが辞めると申し出ても鈴麗様は頑なに拒否されそうですね」

「そうなのです。鈴麗様は幼き頃にご母堂を亡くされました。乳母との相性も悪く、他の公主様とも仲がよろしくないのです」

「孤立されている、ということですね」

「有り体に申し上げれば」

「あなたが心の支えになっているのですね」

「そのような大それたものではありませんが、放屁の責任を請け負う以外にも相談に乗ることが多ございます」

「……」

つまり母親代わり、ということであろうか。そのような事情を聞いてしまうとますます心苦しくなってくる。それを察してくれたのだろう。悲喜の尼はけなげな表情を作る。

「香蘭殿、私はもう歳です。もはや引退の時期は迫っています。もとよりそう遠からず辞めるつもりでしたし、それよりも先に天からお迎えがきてしまうかもしれません」

「……そのようなことは」

「ありうるのです。ですからまったく気にしておりませんので、そう気を落とさないでください。私はもう引退します」

悲喜の尼は、きっぱりと断言するが「……ただ」と付け加える。

「私がいなくなったあとの鈴麗様が心配です」

悲喜の尼は深くため息をつく。

「あのお方は我が儘なところもありますが、とても素直で優しいお方なのです。鈴麗様には自分で責任を負える大人になってほしいのです」

「自分で責任を負える大人ですか」

「はい。香蘭殿も少し話して分かったでしょうが、鈴麗様は少しおひい様気質があるようで……」

「たしかにそうですね」

「鈴麗様は、物事すべてが自分の思ったとおりにならないと気が済まないところがあります。道筋を立てて話しても自分の感情を優先してしまうお方。今は東宮御所で公主として育てられていますが、いつかは嫁ぐことになりましょう。そのとき、あのような性格では幸せになれるとは思えないのです」

「そうですね。嫁ぎ先でも甘やかしてくれるとは限りません」

「自分で放屁をしたと堂々と言えるくらいの娘になってほしいのです。自分ひとりで生きていけるようになってほしいのです」

「分かりました。なんとかしましょう」

香蘭の竹を割ったような返答に悲喜の尼は驚いた。

「どうして驚くのです」

「即断即決だったので」

「よく言われます。わたしは東宮様のご命令を受けて動いておりますが、人に頼み事をされると弱いのです。それにわたしは強権的に人員を削減したいわけではありません。将来、鯉に餌を与える係のものも馘（くび）にするわけではなく、他の仕事も兼任して貰うだけです」

　鯉に餌をやる係のものはその道、うん十年のベテランだ。ただ逆に言えばそれ以外のことはできないとも言える。そんな人物を馘にして宮廷から放り出せば路頭に迷うに決まっている。香蘭も東宮もそこまで薄情ではない。鯉に餌をやるだけではなく、掃除や庭仕事など、他のこともやって貰うように配置転換するだけに留めるつもりであった。目の前の屁負い比丘尼も他の仕事ができるのならばそちらに配置転換して貰うつもりであった。本人は引退を望んでいるが。

　ただ、引退するにしても尼の心残りを解消するために香蘭は一肌脱ぐ。つまり、鈴麗公主に堂々と放屁をして貰い屁負い比丘尼などいらない、と宣言して貰うのである。香蘭は意気揚々と鈴麗公主のもとに向かった。

「美しいものはおならをしないの」

それが鈴麗公主の答えであった。

「……………」

想定済みではあったが、こうも堂々と言われると返答に困る。医学的にあり得ない、と説得しても無駄だった。

「ちなみに美しいものは厠にも行かないのよ」

「それはさすがに嘘でしょう」

「嘘なものですか」

「それでは証明してください。これから大量に水を飲んでいただいて、しばらくわたしも一緒にいます」

「構わないわよ」

と言うと鈴麗は水を飲む。これだけの量を飲めば小一時間もすれば排尿したくなるはずであるが、一向に鈴麗にはその気配がない。これはもしや本当にそういう体質なのではないか、とあれこれ想像を巡らせるが、そんな人間いるはずがない。鈴麗はしばらくすると目を忙しなく泳がせ、もじもじし始める。

「あなた、なんでそこにいるのよ」

と先ほど交わした約束など忘却の彼方に追いやってしまっていた。

「やはり厠に行きたいのではないですか」

「全然。そもそも美しいものは厠に行かないの」

頑固なお人である。しかし医者としては不健康な行為を強いるわけにはいかない。そこで、ひとつ提案をする。

「そういえば先ほど厠に行ったら綺麗なお花が咲いておりました。お花摘みに行かれてはいかがでしょうか」

お花を摘みに行く、星空を眺めに行く、野外で用を足すときの隠喩であるが、鈴麗はぱあっと表情を輝かせるとそのまま厠に向かった。しばらくすると出てくるが、「ふう」と一仕事終えたような顔をしていた。生理現象が収まった人間は皆、弛緩(しかん)する。

ここでやはり出るものは出すのではないですか、と言えば機嫌を損ねるので、別の方向から攻めることにした。

「悲喜の尼様がとても心配しておりました。あなたは意固地過ぎる。お嫁に行ったら苦労すると言っておりました」

「お嫁になど行かないもの。わたくしはずっとこの東宮で暮らすの」

「皇族たるもの、永遠に我が儘を言ってはいられないはずです」

他国に嫁ぐ、あるいは有力な貴族に嫁ぐ。政治の駒と言えば聞こえは悪いが、皇帝の娘はいつか結婚をするものだ。ゆえに幼き頃から蝶(ちょう)よ花よと大切に育てられ、教養を身につけさせられるのである。事実、東宮は言っていた。「あいつも年頃だからそろそろ

嫁に出さなければいけないのだが、あの性格ではな」と。そのことを率直に伝えると鈴麗は、

「ふん、兄上なんて大嫌い。わたくしはお嫁には行きません」

と、へそを曲げられた。これではどうしようもできない。

香蘭は一旦退却して、彼女の兄に相談をする。ここは思い切った抜本的な治療が必要であると告げる。

「どういう治療が必要なのだ？」

「鈴麗様が患っておられるのは要は我が儘病です。幼き頃からあらゆる願いが叶ってしまった人間に見られる病です。これを治療するには世の中には困っている人がたくさんいる、と教え込むのが一番かと」

「困っている人々、つまり街に連れ出し、市井の暮らしを見せるのだな」

「はい。さすればご自分がいかに恵まれているかをいやが上にも悟られるかと。生理現象である放屁ごときで悩まなくなるのではないかと思います」

「分かった。構わない」

「え、今、なんと？」

「構わない、と言ったのだが」

「即答だったので驚きました」

「即答はおまえだけの専売特許ではない。即断即決は偉大なる指導者に求められる素養だ」

東宮は、そのようにうそぶくと、公主鈴麗を宮廷の外に連れ出す許可をくれた。

「時には荒療治も悪くないだろう」

そのような応援の言葉もくれた。

†

公主鈴麗を連れ出す許可を貰った香蘭。

鈴麗に市井の娘と同じ生活をして貰うことによって我が儘を直す作戦であるが、まずは手始めに知り合いの飲食店で働いて貰うことにした。給仕をさせるのである。

それを知った公主様は、「給仕ってなあに?」という反応をした。

公主様のこの反応は、当然予期されたものだったので、

「給仕とは食事の配膳をするもののことです」

と答えた。

「ああ、あれね。ならばわたくしはここで待っていればいいの? その粗末な椅子に座

って」

「逆です。あなた様がその椅子に座っている客に配膳をするのです」

「そんなの下女のすることじゃない」

公主様は酷く憤慨される。

「世の中のほとんどのものはそうやって働いて糧を得ているのです」

香蘭は得々と説明する。

「わたくしは公主よ。皇帝の娘なのよ」

「兄上の東宮様に許可を取っています」

「なんて意地の悪い兄上。大嫌い」

「東宮様はあなた様のことを好いております。だからこそこのような試練を与えて民に敬われる公主様になってほしいのでしょう」

「それと働くのになんの因果関係があるのよ」

「下々のものの苦労を知るのです。あなた様に毎日配膳される料理、それがどこから湧き出ているのか、考察するいい機会になるでしょう。あなた様が召し上がる料理はすべて農民が田畑を耕し、漁民が漁をし獲ってきたものです。器だって磁気職人が作ったものなんですよ。食卓に並ぶまでに無数の民の労働が発生しているのです」

「…………」

兄の思いやりが伝わったのか、鈴麗はしばし沈黙する。

「……分かったわ。そうね。庶民の生活を知るのも皇室に生まれたものの務めだわ」

「その通りです。それに庶民の娘が簡単にこなしていることを皇族のあなた様がおできにならないわけがない。あなた様は公主様の中でも聡明(そうめい)な方だと聞きました」

「よく知っているわね。その通りよ」

鈴麗を乗り気にさせると、さっそく、飲食店の店主は鈴麗にお盆を渡す。その上には刀削麺(とうしょうめん)が載せられていた。これを奥の卓の客に出せということであるが、鈴麗は黙ってその指示に従った。

不器用で不慣れな手つきではらはらしたが、中身をこぼさずに運べたので及第点とすべきであろう。香蘭はしばし鈴麗の働きぶりを観察すると問題なし、と判断し、自分の仕事に戻ることにした。香蘭の本業は白蓮診療所の見習い医師なのである。

数日後、白蓮と鈴麗について話す。

「あの我が儘公主様が配膳係とはな。近来にない珍風景なので見物しに行かなければな」

「見世物ではありませんよ。公主様は頑張っておられるのです」

「頑張るということは自分の置かれている状況がよく分かっていた、ということなのだろう。永遠に我が儘を言うことはできない。屁負い比丘尼とも別れなくてはならない、と知ってはいるのだろう」

先日の悲喜の尼の悲痛な表情を思い出す。あれは肉親、いや、実の母に通じるものがあった。

「でしょうね。それと存外、東宮様のことも尊敬されているようでした。兄上の名前を出すと言うことを聞いていただけます」

「あの娘はブラザーコンプレックスだからな」

「ブラザーコンプレックス？」

「ブラコン、つまり兄上様大好き病ってことさ」

「なるほど」

「兄の命令は聞くってことさ」

「あとは人前で羞恥心を捨て去ることだけですね。人前でおならをすることができたら、晴れて任務成功です」

「それで気位の高い性格が直るかな」

「きっかけにはなるかと。庶民の生活を知り、生理現象を恥ずかしいものではないと認められるようになれば、なにかが変わると思っています」

「根拠は？」

「あの方の眼です。あの方は東宮様と同じ瞳をしています」

「おまえが言うのならばそうなのだろうが、はてさて、そう簡単に崩せるかな」

白蓮はつまらなそうに言う。実際にあまり興味がないようだ。まあ、放屁から始まったこの騒動、人の生き死ににには一切関係ない。正直、香蘭も乗りかかった船だから面倒を見ているが、優先順位は下位であった。

ただ、一度乗った船から降りることができないのが香蘭の弱点であるが。それを証拠に陸晋がやってくると途端、鈴麗のことで頭がいっぱいになる。

同僚の陸晋は軽く息を切らしながらやってきた。

「香蘭さん、大変です。鈴麗様が飲食店を馘になってしまいました」

その報告に意外性はなかったので、驚きはしないが、呆れてしまう。なんでも鈴麗は飲食店で放屁をしてしまったそうだが、おならをしたのは自分ではないと言い張って客と大喧嘩をしてしまったらしい。放屁を指摘した客に無礼者、と麺をぶちまけてしまったとのことらしかった。これは全面的に鈴麗が悪いので、香蘭は飲食店に駆けつけると平謝りをして鈴麗を連れて戻った。

白蓮診療所に連れて来ると、彼女は開口一番に、

「わたくしは放屁などしないのに、あの客のなんと無礼なことか」

「無礼かもしれませんが、今、あなた様は市井の娘として生活をしているのですよ」

「わたしは公主よ。公主は放屁などしないの」

「やたらと放屁にこだわりますね。なにかトラウマのようなものがあるのでしょうか」

「なによ、虎と馬って」

「心の傷のことです。放屁に関してなにか嫌な思い出があるから頑なに生理現象を認めないのではないですか？」

「……」

「その様子だとあるようだな」

白蓮が言う。

鈴麗はしばし沈黙したあとに小さな声で言った。

「……わたくしの母上はあまり身分が高くないの。兄上とは腹違いの子だから」

虐めだ。香蘭はピンときた。華やかな宮廷であるが、その裏にはどす黒いものが渦巻いている。母親の出自などは虐めをする側には格好の材料でしかない。

「なるほど、それで他の公主に虐められたのか」

白蓮も察したのか吐息を漏らしながら同情する。

「そう。母上を早くに亡くしたし、礼節がなってないとからかわれた。そしてある日、花見の席でおならをしてしまったの。そのとき、おまえには母親がいないからこのような席で放屁をするんだ、って馬鹿にされたの」

無茶な言いがかりだったが、子供の鈴麗にとっては心の大きな傷となったのだろう。幼少期の心は傷つきやすく、癒えにくい。大人になってもその傷と向き合って生きなければいけないのだ。

「なるほど、以来、人前で生理現象を見せられなくなったのですね」

「……そうよ。自分でも馬鹿だって分かってる。だけどどうしても人前で放屁をできないの。自分がしたと認めることができないの」

端から見れば酷く愚かで滑稽に見えるが、本人には大事なのだろう。笑うことはできなかった。

「自然の摂理を否定するなど、愚かな悩みだな。街で暮らす人々を見てみよ。皆自然体で生きている。誰もそんなことは気にしていない」

白蓮は真理を言い放つ。

「しかし、宮廷と街は違います」

香蘭は弁護する。

「だから市井のものの暮らしを見つめさせるのだろう。飲食店は馘になったようだが、次は俺の知り合いの酒家、あるいは碁会所に勤めるがいい。その日を精一杯生きるものたちに触れれば考えも変わるだろう」

「……………」

鈴麗は沈黙する。

「何度馘になっても続けるぞ。おまえのくだらない恥じらいが消えるまでずっとだ」

「……頑張ってみる」

意外にも鈴麗は首を縦に振った。自分でもどうにかしたいと思っていたのかもしれないが、もうひとつ理由があるようだ。

彼女は正直に言う。

「悲喜が心配そうにわたくしを見守っていたの。店の向こうの通りからずっとわたくしを見つめていた」

その光景は香蘭も見ていた。

「悲喜はもう高齢なの。持病もあるし、そう長くはないかも。悲喜はわたくしのただひとりの味方なの。母親のような存在なの。悲喜が死んだとき、この世に未練があったら可哀そう。尼なのに幽霊になってしまう」

その言葉を聞いたとき、鈴麗はたしかに東宮の妹なのだな、と香蘭は感じた。気位が高いだけではなく、人の気持ちを察することができる人物、人の想いに寄り添うことができる人物なのだと理解した。

香蘭は鈴麗を信じてあえて彼女が働く場所に向かわなかった。きっと真面目に働き、市井のものたちが必死で生きていることを感じ取ってくれると信じていたからだ。悲喜の尼のために頑張っていると信じていたからだ。

その想像は的を射ており、香蘭のところには真面目に働いているという報告しか入らなかった。意外にも市井の生活に慣れているという。庶民と同じものを食べ、同じ家で寝起きをし、同じように働いていると。

彼女の心の葛藤は取り除かれた、と判断した香蘭は鈴麗を呼び戻した。

白蓮診療所で生まれ変わった妹君の姿を東宮に披露する。

「鈴麗様はもはや一人前の人間です。明日、公主を辞められてもひとりの娘として生きていけるでしょう」

「そこまで生活力を磨けとは言っていないがな」

東宮は軽く笑う。

「しかし、見違えるように立派になったのは見れば分かる。可愛い子には旅をさせるものだな。それで鈴麗よ。人前で放屁はできるようになったのかね」

鈴麗はこくりと頷く。

それを見て、早速と言わんばかりに東宮はこう命じた。

「であるか。それではこの場で放ってみせよ」

悲喜の尼もその場にいたが、屁をこけと言われてもなかなかにできるものではなかった。この十数年、人前で放屁しないことに慣れてしまったので身体が言うことを聞いてくれないのだ。鈴麗が難儀していると、悲喜の尼が「あ、痛たたっ」と腹を押さえる。顔色が蒼白になっている。

「悲喜は高齢。病がち。いつ亡くなってもおかしくない」

鈴麗が言った言葉がそのまま現実となってしまったのだ。香蘭は慌てるが、白蓮は冷静だった。悲喜の尼の脈を取り、腹を触診して診断を下す。

「急性の虫垂炎だ」

つまり盲腸である。盲腸ならば命に問題はない。香蘭でさえ手術できるほどであった。しかし、悲喜の尼は高齢であり、事態は一刻を争うので白蓮とふたりで手術を担当する。陸晋があっという間に手術の準備を整え、数時間後には悲喜の尼の炎症を起こしていた盲腸は取り除かれた。

術後、様子を見るために診療所に入院した悲喜の尼であるが、鈴麗は一日も欠かすことなく見舞いに訪れた。悲喜の尼の看病を引き受け、実の親にするかのように慈愛を持って尽くした。

やはり鈴麗にとって悲喜の尼は母親のような存在なのだろう。その麗しい光景に胸を打たれるが、鈴麗の放屁問題はどこか遠くに行ってしまった。あるいはもうそんな問題などどうでもよくなってしまったのかもしれないが、鈴麗の心の問題はある日、唐突に解決する。

虫垂炎の手術の予後を判断するのに、ひとつの指針がある。患者が放屁をすれば腸の動きが回復したことが分かるのだ。悲喜の尼は術後、三日目で放屁をした。身体が正常に戻ったということであるが、放屁の音を聞いた鈴麗は、迷うことなく、このように言い放った。

「このおならはわたくしがしました」

と。

今まで放屁をなすりつけていた公主様が逆に屁負い比丘尼の屁の責任をかぶったのである。それは人として成長をした証であった。もはや公主鈴麗に無意味で滑稽な恥じらいはなくなり、ひとりの人間として自立できるようになっていた。悲喜の尼はその姿を目に焼き付けると、安心して引退をし、南都の郊外にある尼寺に入り、そこで公主の平穏と安寧を祈り続けたという。

こうして香蘭の小さな宮廷改革は終わった。関係者全員が幸せな形で。

十六章 豚姫の痩身術

後宮という施設は皇帝の世継ぎを産むための施設である。

中原国の皇帝が多くの女性を囲い込み、その中からお気に入りの娘を選び出し、子を産ませるのだ。基本、男性立ち入り禁止の場所であるが、その理由は確実に皇帝の血脈を保つという保証を得るためである。この時代、ＤＮＡ鑑定などという便利なものはないので父親が誰であるかはっきりさせるための制度として古来、受け継がれてきた。

西域の国ではハレムと呼ばれたり、東国では大奥と呼ばれたりしているそうで、どの時代、どの国にも似たようなシステムはあるようだ。人間、考えることは一緒で、権力者本人も含め、周囲も赤子が本当は誰の子なのか気になってたまらないのだろう。

一言で言えばそれは人間の業と呼ばれるものなのだが、人間は業を捨て去ることができない生き物なのであろう。ゆえにこのような施設が存在し、一〇〇人近い数の寵姫が存在するのだ。さらに言えばその寵姫や皇帝の身の回りの世話をしたりするものが必要であった。その数は千を優に超える。その人件費や経費は考えるだけで頭がくらくらするような額であった。

裕福に分類される家の子である香蘭であるが、皇帝の華美で優雅な暮らしはまったくもって理解できなかった。その分を福祉や国の発展のために回してほしいというのが正直なところだ。

ただ香蘭がそのようにぼやいたからといって後宮がなくなるわけではないし、そこに住まうものの〝業〟もなくなるわけではなかった。

この話はそこに住まうものの喜劇であり、悲劇の話である。

香蘭の友人であり、東宮御所の女官である李志温は「ねえねえ」と親しげに話しかけてきた。彼女はとてもお話好きで愛嬌があり、ともすればお節介な人物なのだ。それと宮廷にまつわる色々な噂話を知っている。

「最近、わたしって痩せたと思わない」

そのような言葉で話を切り出すと、艶めかしい体勢を取る。言われてみれば、たしかにほんのりとほっそりしたような。

「たしかに少し痩せたような」

「やっぱりそう思うでしょう」

嬉々とする李志温。女性は良い変化を言い当てられるのが一番嬉しいのだ。

「最近、頑張って痩身術に励んでいるの」

「ダイエットというやつですね」

「よく分からないけどそれ」

「そういえばいっとき流行ったな」

かつて後宮で白米だけダイエットが流行っていた時期がある。そのため脚気が蔓延して多くのものが寝込んでしまったのだ。まったく懲りもせずに過度なダイエットが流行るなど言語道断であった。

「喉元過ぎればなんとやら、ね」

ダイエット騒動で狂騒していたうちのひとりが言うのだから間違いない。

まあ、今のところ病的な痩せ方ではないので気にはならないが。呑気に構えていると目の前をのしのしと人が歩いていた。

とても太って――いや、ふくよかな女性であった。なかなかに恰幅がよく、愛嬌がある。失礼ながら豚を連想させた。無論、そのような感想は口にしないが。李志温はくすくすと笑う。彼女を見て笑っているのではなく、香蘭がどう思っているか手に取るように分かるのだろう。

「あなたが思った生き物は正解。あの貴妃様は豚姫と呼ばれているのよ」

「豚姫。――なんとまあ直球な」

「そうよね。まあ、不思議よね。陛下の貴妃は美人揃いだけど、中には彼女みたいな子豚さんもいるのだから」

「たしかに不思議ですね」

今の陛下の好みは細面のすらりとした女性だ。腰にしながあって黒髪の美しい女性が好みである。そんな中、このようにふくよかな女性が貴妃の称号を得るなど不思議と言えば不思議であった。

なにかわけがあるのだろうか。持ち前の好奇心がむずむずと動き始める。その様子を見ていた李志温は「相変わらずねえ」と笑った。

「騒動があれば必ず首を突っ込む。そして騒動がなければ自分から作る」

言い得て妙なたとえに香蘭は苦笑する。

「まあ、しかし太っている女性に声を掛けたからといって騒動は巻き起こらないでしょう」

「なんで声を掛けるの？」

「いや、なんとなく御縁を持っておきたい雰囲気を纏っていたので」

ふくよかな女性はとても優しそうで気立ても良さそうであった。基本、後宮は女の戦場なので気性が激しかったり、陰険だったりする。白蓮いわく性悪女の見本市、のような場所が後宮なのだ。そんな中、彼女のような存在は希少性があった。

ここは是非とも御縁を繋いでおかなければ、と思った香蘭は早速声を掛けるが、ふく

よかな女性は、

「なあに？」

と愛想よく答えてくれた。想像通りの人物である。しかしいざ話すとなるとなにを話せばいいか分からない。香蘭が考えあぐねていると会話を広げてくれた。

「あなた痩せっぽちねえ。ちゃんとご飯は食べている？」

「元々食が細くて」

「それはよくないわねえ」

と懐からなにかを取り出して手渡してくれる。

「はい。月餅」

この女性は月餅を持ち歩いているのか。そんな感想を持ったが、黙って頂く。

「もぐもぐ」

　さわやかな甘さだ。香蘭好みである。香蘭のなじみの月餅屋よりも好みの味かもしれない。豚姫様はさすがに舌も肥えていらっしゃる。そのような感想を持ちながら咀嚼（そしゃく）していると彼女は名を名乗った。

「わたしの名前は月栄（げつえい）」

「月栄様ですか。綺麗なお名前だ」

「お月様みたいにまん丸で栄えているでしょう」

でっぷりとしたおなかを自慢げに披露する。

名は体を表す。と自慢げに語るが、たしかに貫禄があった。

「あなたが月餅を美味しそうに食べているのを見たらおなかが空いてしまったわ」

彼女はそう言うと自分の館へ案内してくれた。

後宮のとある一角、それほど大きくはない標準的な貴妃の館に案内されると、そこで茶を貰う。その間、彼女は豚の丸焼きやらアヒルの卵やらを食べ続けている。酒池肉林を独り占めするかのような食べっぷりだ。見ていて気分がいい。

のんびり眺めていると彼女は唐突に言った。

「あなた、わたしがどうして貴妃の位を賜ったか、気になるのでしょう？」

読心術の心得があるのではなく、香蘭が分かり易いだけだろう。

「気にしていないわ。わたしはね、皇室に連なる名門の出なの。それに地の顔はいいでしょう？」

たしかに輪郭は丸々しているが目鼻立ちは美人に属す。

「だから将来性を買ってわたしを貴妃にしてくださったのだと思うわ。わたしが子を産めばその子は将来、血筋のいい皇族になれるから」

「なるほど」

「ちなみに陛下にお手を付けられたことはまだ一度もないけど」

「……まあ、皇帝陛下には一〇〇人単位で寵姫がおられますから気にされないでいいかと」

生涯、処女のまま終わる寵姫は実際に多い。論朝の皇帝には三〇〇〇人の寵姫がおり、そのほとんどに手を付けなかったそうな。さらに言えば誰を夜の相手にするか決めるのも面倒くさかったようで、車を羊に引かせ、適当に選んでいたようである。その際、羊が近づいてくるよう貴妃たちが塩を盛ったのが「盛り塩」の起源である。

それに比べれば今上皇帝の女性関係は誠に慎ましやかだと思われた。

「そういえばあなた名前はなんていうの？」

月栄は話題を転じさせる。

「ああ、これは失礼しました。わたしの名前は陽香蘭、宮廷医の娘です。一二品の位を賜っています」

「あらすごいじゃない」

「有り難いことです」

「宮廷医ということは医療に詳しいの？」

「まだ見習いですが、それなりに詳しいですよ」

「もしかして生殖についても詳しい？」

生殖とは生々しい言い方だ。閨房とかにすればいいのに。

「わたしはどうしても陛下のお子を授かりたいの。なんとかならないかしら？」

「そりゃ男と女なのですから、やることをやればいずれできると思いますが」

「そのやることをやるにはどうすればいいかしら」

「陛下をその気にさせるのが肝要かと」

「どうすればその気になる？」

ううむ、と唸ってしまう。とても難しい質問だからだ。香蘭は生まれてからこの方、夫や恋人などを持ったことがない。そういった艶めかしい経験はないのだ。医道科挙の問題を解くよりも難しいので、

「陛下が性的な魅力を感じるようになるとか？」

と無難なことを言ってみた。

「ちなみにわたしは巨乳」

巨乳というよりも寸胴(ずんどう)なので起伏がない。

「陛下は細身の女性が好みらしいです」

「ならばわたしも痩せてみようかしら」

そこの辻を右に曲がるくらいの軽い感じで言っているが、彼女の肉の量を見る限り、そう簡単ではないような気もする。師に聞いた話ではあるが、消費カロリーが摂取カロリーを上回れば痩せるらしい。彼女は明らかに摂取過多であった。それに運動もあまり

好きではないように見える。少し歩いただけで汗だくになる。これはなかなかに難儀なことになりそうだ。そんなことを思いながら彼女に協力する旨を伝える。

豚貴妃こと月栄は満漢全席(まんかんぜんせき)を並べられたかのように喜ぶ。

「きゃあ、嬉しい。痩せられるのね！」

と小躍りするが、その姿は駆け回る子豚を連想させた。

前回のダイエット騒動のときは白米だけを食べて栄養が偏り、脚気が流行ったという顚末であった。今回はその逆を行う。

「白米を食べない？」

前回の騒動を覚えている月栄はキョトンとする。あのときは白米が流行ってくれて助かったそうな。なんでも炭水化物が大好物だそうで、白米をおかずに何杯でもご飯をおかわりできるらしい。

茶碗(ちゃわん)一杯でおなかいっぱいになってしまう香蘭としては驚きを禁じ得ない。月栄は麺類も大好きで拉麺(ラーメン)や刀削麺やビャンビャン麺も何杯でもかき込める。包系の食べ物も大好きで肉饅頭(にくまんじゅう)や餃子(ギョウザ)や小籠包(シヨウロンポウ)もいくらでも食べられるという。聞いてもいないのに自慢してくれるが、今回、それらを制限すると聞いて彼女は目を丸くする。

「今回は炭水化物抜き痩身術を行います」

「ちょっと待って。わたしから炭水化物を取り上げるつもり？」

こくりと頷く。

「そのつもりです」

「ど、どうして」

「炭水化物は人間の必須栄養素です。ですが、カロリーが多いので」

「カロリーなんて分からないわ」

「人間という生き物は食べたものをエネルギーに変換して動いております。炭水化物を糖分に変えてそれを燃やして動いている感じです」

「その理屈ならば脂分を控えれば痩せるんじゃ」

「そうですね。この世の美味（うま）いものはすべて糖質と脂質でできている、らしいですから」

「たしかに」

肉饅頭、拉麺、金華豚（きんかとん）、月餅、どれも糖質と脂質の塊だ。それらを食べ続ければぶくぶくと太っていく。野菜だけ食べて太っている人物を見たことがない。

「ちょっと待って、でも、牛や豚は草しか食べていないのに太っているわよ」

「――そうですね。たしかにそうです」

香蘭は栄養学に疎いので細かな原理は分からないが、それを知っていそうな人物がひとりいる。

「我が師匠に聞いてみましょうか」

「あなたのお師匠様？」

「はい。わたしの師匠である白蓮殿は神医と呼ばれる人です。西洋医学を極めていて医療をサイエンスとして見ている方です」

「サイエンス？」

「自然科学のことです」

余計に分かりにくいか。

「理屈と道理に合った再現性のある学問がサイエンスです」

「なるほど、小難しいけれど、要は学者様なのね」

「そういうことです」

白蓮は臨床医であるが、昔は研究医を目指していたのだそうな。栄養学についてもたくさんの知識を持っているに違いない。そう思って月栄を伴って彼のところに向かう。

貧民街にある白蓮診療所を見た月栄の感想は、

「こんなに汚らしいところが地上に存在するなんて――」

だった。酷い言い草であるが、反論はできない。華麗な宮廷に比べれば貧民街はゴミ溜めだ。実際あちこちにゴミが散乱しているし、小汚い。ただ、貧民街特有の活気や喧噪は嫌いではないようだ。

「なんだか、生命の息吹を感じるわ。宮廷も人は多いけど、生気がない人が多いから」

香蘭は感心する。まったく同じ感想を抱いているからだ。

宮廷は衣食住に困っていない人ばかり。そうなればなんの悩みもなく生きることが――できるわけではなく、あの貴妃が嫌い、ここが気にくわない、と、どうでもいいことで悩み始める。引き籠もったり、躁鬱になるものも多く、生気がない目をしているものが多かった。その点、この貧民街は違う。ここでは今日を生きるだけで精一杯な人たちばかりだ。にきびがどうたらとか、髪のつやをよくしたいとかかまけていることはない。出来物上等、痩身よりも飢える心配をしなければいけない。生活のために働き続けなければならず「生きること」に精一杯なのである。

それを一瞬で看破するとはやはり月栄は香蘭と馬が合うようだ。一刻も早く白蓮と会わせたかったが、診療所に着くまでもなく白蓮と出会う。途中にある酒家からふらりと出てきたのだ。この人は昼間から飲みに出ていたな、と苦言を呈したくなるが、今はそのような話をしている暇はない。ともかく、声を掛ける。

白蓮は香蘭を見るなり、

「なんだ、愚弟子ではないか。どうした?」

と挨拶をくれた。

「不肖の弟子なのは認めますが、相談がありまして」

「そこの肥え太った女が関係しているのか？」

「肥え太ったとは失礼ね。わたしはちょっとぽっちゃりしているだけ」

「それは申し訳ない。ただ、医者としては過度の肥満には注意してほしいね。万病の元だ。生活習慣病になるぞ。糖尿病、心疾患、脳梗塞にかかる危険性が多大になる」

「よく分からないけど大変そう……」

「大変だ。どれも命に関わる」

　あぁ……、と焦心する月栄。

「その様子だと肥満についてなにか相談があるのだろう。いいぞ、ちょうど、二軒目のはしご酒をしようとしていたところだ」

「まだ飲むのですか」

「幸いと今日は急患がいなくてね。それに休暇のときくらい好きにさせてくれないかね」

　たしかに日頃、寝る間も惜しんで働いているのだ。休みのときくらい好きにさせてあげるのが弟子としての務めだろう。その貴重な時間を割いて貰うつもりで一緒に酒家に入ることにした。

　酒家に入るなり、白蓮は度数の高い酒を頼む。胃が熱くなるような酒をかき込むのが好きなようである。また月栄のほうも酒が行ける口らしく、ちびちびと飲んでいる。香蘭も同じような感じに飲む。ちょっと大人になった気分だ。小さな酒杯を干すと本題に入った。

「白蓮殿、この貴妃様を痩せさせてくれませんか？」

「また痩身術が流行っているのか？」

「この方だけです」

「なるほど、俺が考察するに太り気味で一度も皇帝に手を付けられていないことを悩み、痩せて見返してやろうという魂胆かな」

月栄は目を丸くして驚いた。

「あなたは仙人ですか」

「こいつが肥えた娘を連れてきた時点でそんなことはお見通しだよ」

「それではなんとかなりませんか？」

「ならないね。と言いたいところだが、それでは神医としての沽券に関わるな」

なんとかならないことをなんとかするのが神医たる所以、なんとかするために動いてくれるようだ。ただ、そんな話をしている間にも件の月栄は勝手に酒のつまみを注文している。脂質と糖質がたっぷりの料理が運ばれてきた。端からやる気を一切見せない月栄に吐息を漏らす白蓮であるが、一応、手伝ってくれるようだ。

白蓮診療所に戻っても麩菓子を頬張っている月栄、ため息が出るが、なんとか説得して麩菓子を取り上げると痩身術の心得について話す。

師いわく、

「間食はしないこと」

と当たり前のことを告げる。

「人間、一日、三食食べれば十分。それにおまえのような動かないタイプは二食で十分だ」

「に、二食？　わたしは四食食べていたのよ」

「それが太った原因だな」

結論を突きつける。

「たったの四食よ？　全盛期は五食はいけた」

全盛期に戻らないことを祈る。

「それが太った原因なのは明白だな。とりあえず食生活の改善、それと運動を取り入れるか」

白蓮はふうむと唸る。

「ダイエットとは健康的に痩せることを指す。不健康に痩せてしまったら意味はないから、炭水化物を極度に抜くような真似はしない」

「タンパク質は多めにしますか？」

「そうだな。筋力が落ちてしまったら意味はない。筋力がつくと基礎消費カロリーがアップするからな」

「筋肉質になってしまったら余計に太って見えてしまわない？」

「一時的には肥大化するが、贅肉をそぎ落とせばより美しい身体が得られる」

ふひ、と鼻息を荒くする月栄。

「理想的な食事は、食物繊維三、タンパク質二、炭水化物一の割合だ」

「ええと、白米を三杯食べるとしたら白菜を九個？」

「なぜ、そういう計算になる。白米は半杯だから白菜はひとつと半分だ」

「そんな」

「そんなもくそもない。痩せて皇帝の寵愛を受けたいのだろう？」

「……は、はい」

「ならば俺の言うとおりにするのだな。とりあえず後宮の庭を走ってこい。その間に他の痩身術を考えておいてやる。俺は後宮には入れないからあとは香蘭に任せた」

「ふうう……はい……」

と月栄は素直に返事をすると香蘭と一緒に後宮に戻る。

後宮には広い庭園がいくつもあるから走る場所には困らない。走りやすい格好で走っていると他の着飾った貴妃たちがくすくすと笑う。


「あら、子豚ちゃんが運動をしている」

「豚の競り市かしら」

「豚もおだてれば木に登る」


散々な言われようであるが、月栄には気にしないように伝える。

「痩せたあとの美しい姿を見せて見返せばいいのです。努力している人間をあざ笑うような人は無視しましょう」

「はい！」

月栄の返事には意気込みが感じられた。

「その意気です。池の周りを三周したら水分を補給してください。水はいくらとってもカロリーになりませんし、血液をさらさらにします」

「はい！」

「そのあとは腰をかがめる運動をします。スクワットと言うらしいです。それを三〇回。

あとは腕立て伏せを五〇回。それと白蓮殿が書いてくれた痩身術指南書によるとエアロビクスなるものをするといいらしいです」

「はい！」

ぜえぜえと苦しげな呼吸をしながらも答えてくれる。そのやる気に感じ入った香蘭は、顔見知りの宮廷の特級調理人のもとへ向かうと食事について相談する。今回の目的は健康的に痩せること、不健康に痩せることではない。極論を言えば絶食すれば人は痩せるが、同時に死に至る。美を手に入れるために死ぬなど愚かな行為であった。人は生きていてこそ美しいのだ。

白米騒動のときと同じ轍（てつ）を踏まないように細心の注意を払うが、二〇貫近い巨体を痩せさせるのは並大抵の苦労ではない。週単位では不可能であった。月単位での取り組みとなるが、その過程は割愛させていただく。間延びするということもあるが、同じことの繰り返しだからだ。痩身術の心得は生活習慣であった。近道はないのである。その間、香蘭たちは日々の医療をこなしたり、他の騒動に関わっていた。

豚貴妃のことが頭の片隅になった頃、宮廷から月栄の遣いがやってきて、書簡を香蘭に渡す。書簡の上に枯れた枝が置かれていた。つまりこれは枯れ木のように痩せたということだろう。そのような解釈のもと、宮廷に向かうとたしかにそこに豚姫はいなかった。ふくよかからぽっちゃりくらいの輪郭になった月栄がいた。

抱いた印象を素直にそのまま口にする。

「あら、綺麗」

というのが香蘭の感想であり、周囲の認識でもあった。貴妃たちも軽く注目している。元々、目鼻立ちはくっきりしているので輪郭が締まると美しくなって当然なのだが。それにしても少し痩せるだけでこれとは。美容にうるさい貴妃たちは見逃さない。

「ねえねえ、どんな方法で痩せたの？」

「わたしにもその方法を教えて？」

「なにか秘訣はあるの？」

月栄は惜しげもなくその秘訣を伝授するが、すべて白蓮の受け売りだった。

「まずは屈伸運動をして軽く走る。それと筋肉を付けるようにタンパク質を多めに――」

どれも基本的なことばかりではあるが、継続するのは難しい。しかし、美を追求する貴妃たちにとってそれくらいどうということはない。皆、月栄の真似をし始めた。

後宮内で巻き起こる第二次痩身術ブーム。

みるみると痩せていく周囲の貴妃たち。すると相対的に月栄の小太り感が目立ち、月栄は慌て始める。

「皆、わたしよりも綺麗になっていく……」

泣きついてくる月栄。

「うわーん、香蘭、助けて。このままじゃわたし、陛下の寵愛を得られない」

「ちょっとぽっちゃりしているほうが可愛らしいですよ。月栄さんは特に」

肉付きがよく健康的な女性が好きな男性も多いのだ。

「駄目なの。陛下は細身の女性が好きなの」

ちなみに陛下は御年六〇を超える。女性遍歴は多彩で多様である。昔は髪の長い女性が好きで貴妃たちはこぞって髪を伸ばした。腰まで伸ばすのは基本で、中には地面に引きずって歩く女性もいたという。髪質がつややかでない女性はかぶりものの毛髪を買ったりした。こぞって陛下の寵愛を得ようと競い、宮廷は異様な雰囲気になったという。だが、自助努力している分はいいが、寝ている間に相手の髪の毛を切ったり、中には敵対する貴妃の椿油に除毛剤を混ぜたり、火を付けたり、相当陰湿な戦いに発展したという。まさに、阿鼻叫喚の地獄絵図だったようだ。それほど皇帝の趣味は後宮に多大な影響をもたらすのだ。

また肌が白い女性が好みだった頃は皆、日傘を差して歩いていた。絶対に日光を浴びたくないと散歩すらしなくなった貴妃がいたという。昼夜逆転の生活を送り、自律神経に失調をきたしたり、日光不足からビタミンD欠乏症になって倒れたりしたものもいたらしい。

滑稽ではあるがこの後宮ではこんなことは日常茶飯事であった。

月栄が焦る気持ちも分かるが、医師の見習いとしては過度な痩身術は勧められない。

「体重は確実に減っているのです。これ以上、過度に痩身術に励むのは危険かと」

「大丈夫、どんなことでもしてみせる！」

香蘭の言葉に聞く耳を持たず、さらなる闘志を燃やす月栄。勝手に食事量を減らし、運動量を増やした。するとさらに痩せていくが、それを見た貴妃たちの意気込みにも拍車が掛かる。

――皆、目がぎらつき始めている。

嫌な予感を覚えるが、それは的中する。他の貴妃たちも過激な痩身術に励み始めたのだ。まずは食べたらすぐに嘔吐するものが現れ始めた。食欲は満たしたいが、カロリーは摂りたくないというものが現れ始めたのだ。それは拒食症と言ってかなり深刻な症状である。

あるいは蒸し風呂に入って体内から水分を絞り出そうとするものもいた。水分がなくなれば体重が減るという理論である。実際に目方は減るが、水分を摂れば元に戻る。ただ、一時的に目方が減るのは嬉しいのだろう。たとえほんの僅かでも。

さらには身体を極端に冷やすことによって体脂肪を減らそうとするものまで現れた。冬のうちに貯蔵した雪を運び込み、それを水風呂に入れて身体を冷やし、エネルギー消費量を高めようという作戦である。水風呂に浸かって唇を青ざめさせる貴妃の姿はもはや常軌を逸していた。

「このままでは死人が出るな」

そう思った香蘭は思い切った手段をとることにする。

「そもそも皇帝陛下はなぜ、自分の好みとは対極にある月栄に貴妃の位を与えたのだろうか。その辺りを調べたほうがいいな」

香蘭はそうつぶやくと後宮を管理する内侍省後宮府長史に接触する方策を考え始めた。

数日ほど悩む。香蘭は東宮府に属する宮廷医見習いということになっている。だから後宮の管理人の長と知己はない。顔どころか名前も知らない。はてさて、誰に頼っていいのやら。考えあぐねていると立派な髭を蓄えた老人の顔が浮かぶ。

「そうだ。岳配殿に頼むか」

岳配とは東宮御所を管理する内侍省東宮府の長官である。香蘭の直属の上司に当たる人物だ。誰からも一目置かれる手腕で東宮御所を管理し、運営している。東宮府に属する女官を適材適所で配置する。たとえばこの女官は単純な作業が得意だと分かれば、洗濯係の長に命じ、気配りができるものならば配膳係の長に命じたりする。後宮というのは女の戦場でどろどろなものだが、こと東宮御所では女性同士の戦いは少ない。岳配は後宮の人間関係を完全に把握しており、相性の悪い女官たちをなるべく遠ざけるように配置しているからだ。岳配はかつては戦場の人であったが、戦場で活躍していたときも兵士たちの動きを事細やかに把握し、数々の武勲を挙げてきたのだろう。

　威風堂々としていてなおかつ気配りができる人物、それが岳配であった。また面倒見もよく気前もいい。内侍省後宮府のお偉いさんへの取り次ぎくらいなんとかなるだろう。そう思っていたが、「構わない」と即断してくれることはなかった。

「岳配殿と同じ後宮の管理人ではないですか？」

「それはそうだが、あっちは後宮の管理人、こちらは東宮御所の管理人だ」

「お隣さん同士なのでは？」

「そうとも取れるが、隣人同士、仲がいいとは限らない」

　実際、似たような職分のもの同士だと仲が悪くなることは大いにあった。どちらが主導権を握るかで争ったり、どちらの格が上かでいがみ合ったりする。会合の席の順番ひとつで喧嘩になる。

「犬猿の仲なのですね」

「そうだ。無論、宮廷内で顔を合わせ、世間話をすることくらいはあるが、わしが紹介したとなると印象が最悪になるかもしれん」

「それは承知の上です。どのみち、身分を隠して会うわけにもいきません」

「そうだな。下手に隠し立てをしてへそを曲げられるよりもすべてを正直に話しておいたほうがいいかもしれない」

岳配はそのように決断すると内侍省後宮府長史円楽への紹介状を書いてくれた。有り難いことであるが、それを渡されると同時にこうも言われる。

「円楽はとても気位が高く、横柄な男だ。ともかく、相手を言い負かすことが大好きな男でな。口喧嘩になると思うぞ」

論破好き、というやつか。面倒くさそうな相手である。

「しかし、会わないとなにも始まらない」

そのように結論づけた香蘭はさっそく後宮に向かう。ちなみに東宮から後宮に自由に出入りできる許可証もすでに貰ってある。今後、大手を振って出入りできる。有り難いことである。

後宮に向かうと門番以外は皆、女ばかりであった。当然か、ここは女の園、皇帝とその配偶者しか入ることは許されない。理由は単純で皇帝の遺伝子を後世に残すためだけの施設だからだ。間男が忍び込んで貴妃を孕（はら）ませようものなら、関係各位の首が飛ぶ。場合によっては当事者の一族皆殺しという可能性もあるのだ。

　だから男の出入りにはやたらと厳しいが、香蘭はするりと入ることができた。

　後宮は東宮よりも広く迷いやすいが、なんとか内侍省後宮府長史のいる建物へたどり着いた。ちなみにここにいる官吏はほぼすべて宦官（かんがん）だ。男性器を切り取ったものしか後宮を自由に行き来できないのである。

　宦官というのは男性器がないので中性的なものが多い。髭は生えないし、筋肉質なものは少ない。性格はやたらと粘着質であったり、嫉妬深かったり、支配欲が強かったりする。つまり性悪な人間が多かった。

　ただ、宦官は皇帝の身の回りの世話をするが、位は低い。身分が卑しいものがなる役職だからだ。高貴な一族のものが宦官になることはない。あるとすれば罰として一物（いちもつ）を切り取られる刑に処せられた場合だけであった。腐刑と言うのだが、香蘭の祖父がその腐刑を受けた。もちろん、無実の罪であるが。

　祖父のことを思い出していると性悪な宦官のひとりが早速、因縁をつけてきた。

「おや、こんなところに東宮の女官がいるぞ」

　香蘭の衣服には東宮府所属の目印があるので即座に察したのだ。とても険のある言い方であった。

「許可は頂いています」

許可証を見せるが、それを見て宦官はせせら笑う。

「許可証の話などしていない。私が言っているのは東宮府の身分卑しいものがなぜ、高貴なる後宮にいるのか、ということだ」

なるほど、そういうことか。彼の言葉を意訳すれば東宮府より後宮府のほうが格上だということであろう。白蓮の世界で言う〝マウント〟というやつだ。世の中には上下関係でしかものごとをはかれないやつもいるということである。こういう面倒な類いへの対処は簡単だった。

ははあ、と頭を下げて礼を尽くせばいいのだ。実際に実行する。

それを見た宦官は驚く。想定外の反応だったのだろう。ただ、それで殊勝になることはないが。

「ふん、分かればよろしい。今後、私を見かけたら必ず頭を下げるように」

「もちろんです。あなたのような威徳のあるお方を無視することなど不可能です」

そのようによいしょをしておくと彼から遠ざかる。

背中越しになったことを確認するとそのまま舌をペロリと出して意趣返しをしてやる。頭などいくらでも下げてやる、三下が。心の中で痛罵するととても気持ちがよかった。悪口はなにも言葉にする必要はないのである。

そのように溜飲を下げていると内侍省後宮府長史が執務を行う施設にたどり着く。

とても立派であった。ちなみに円楽自身や他の高官は宦官ではない。ただし、施設の構造は後宮には一歩も入ることができないような造りになっている。後宮に外部から胤を持ち込むことは許されないのだ。

（徹底しているな）

と思いながら施設に入る。許可証と紹介状があるので問題はないが、やはりここでも香蘭は白眼視される。

（当然かな）

香蘭は東宮府所属の宮廷医の見習い。ここにいること自体、違和感しかないのだろう。それにこの施設の長は岳配の仇敵というか政敵でもあった。岳配に与するものに好意的であるはずがない。それは想定内だったので気にしないが、円楽自身は予想以上に厄介そうな人物であった。彼は立派な官服を身に纏っている。一目で四品官相当の位を持っていると分かる。だが、衣服は立派だが、性悪な宦官を一〇人煮込んで凝縮したかのような顔つきであった。眉がなく、小太りでやたらと目がぎらついていた。少なくとも外見は好人物ではない上、内面すら最悪そうであった。

それを証明するかのように、

「岳配の飼っている猫が迷い込んできたぞ」

と開口一番に嘲り笑われた。

果たして香蘭は黒猫なのか、白猫なのか、茶虎なのか気になるところであるが、それを問いただすときではない。形式的に礼を尽くすと、

「内侍省東宮府所属宮廷医師見習い一二品官の陽香蘭です」

と名乗った。

「ほお、貴様があの香蘭か」

あの、という連体詞が付いていることからもどうやら香蘭は宮廷内で有名になっているようだ。

「あらゆる騒動に首を突っ込み、かき回すことが得意な娘という話を聞いている」

「……」

間違っていないので反論できないが、師に言われるより千倍は腹が立つのはなぜだろうか。

「その噂に相違ありません」

「認めるか」

「はい」

「ならば騒動の坩堝(るつぼ)のようなおまえがなにをしに来た?」

「はい。皇帝陛下についてお話を伺いたくて」

「ほう、恐れ多くも陛下の情報を聞きに来たのか」

「はい。あなた様は後宮を管理しているお方、陛下と多く接していらっしゃると思うので」

「相違ない。陛下の朝起きる時間から、好まれる食事、散歩の道順、花見の席位置、一日に放屁なされる回数、なんでも知っているぞ」

「それでは女性のお好みも熟知されておられるのですよね？」

「当然だ。現在の陛下はしんなりとした若竹のような儚げな女を好む」

それは既知の情報だ。香蘭が知りたいのはそんな中、なぜ豚貴妃と呼ばれるぽっちゃりめの女性に貴妃の称号を与えたかだ。無論、閨を共にしない形だけの貴妃は無数にいるが、それでも月栄はそれなりに可愛がられている。共に食事をし、花見をし、船遊びもする仲だという。ただ、寝所を共にしないだけであった。

それではなぜ月栄だけ可愛がられているのだろうか。それを聞きたかった。率直に尋ねる。

「円楽様、陛下はなぜ、月栄様を御身の近くに置かれておいでなのでしょうか」

「知るか。知っていても答える義務はない」

当然の反応か。出だしから好印象ではないのだから腹を割って話すことはできない。ただ、陽香蘭は白蓮の弟子、搦め手が得意であった。

「なるほど、宮廷内でも燦然と輝く内侍省後宮府長史の円楽様でも分からないことがおありなのですね。四品官という雲の上のお方だというのにその視界は厚い雲によって遮られているのか」

「なんだと！」

　機嫌が悪くなったというよりも怒りの色を見せている。それが香蘭の狙いだ。

「俺はこの後宮の管理を預かるものだ。知らぬことなどない」

　よし、きた。いい傾向だ。

　このまま怒りにまかせて情報をしゃべってくれれば香蘭の勝ち、である。香蘭はさらに相手を激発させるため、「本当は知らないんでしょう」という冷ややかな視線を送るが、その作戦は失敗した。なぜならば円楽は本当に知らなかったからだ。

「生意気な小娘め！　おまえになどなにも教えてやらん。早々に立ち去れ」

　円楽がそのように言い放つと、衛兵がやってきて香蘭は首根っこを掴まれひょいと放り出される。それこそ猫のように。

「……失敗した。まさか本当に知らないとは」

　素直になるしかない。

　香蘭は落ち込みながら後宮府をあとにするが、その帰り道に思わぬ人物に会う。週に一度、顔を合わせている人物に声を掛けられたのだ。

黒く長い髪を持つその高貴な男は何気なしに声を掛けてきた。それこそ辻道で会ったかのように親しげに声を掛けてきた。

「こんなところでなにをしているんだ」

涼やかだが凜とした声の男、そのものの正体は香蘭の主であった。

「東宮様ではないですか、東宮様こそなぜここに」

「ここは後宮だしな。後宮は親父のもの。その息子がいて悪いか」

「悪くはありませんが、まさかここで出逢うとは思っていませんでした」

「奇縁だな。たしかに滅多にないことだ。なにか事情があるようだし、そこの藤棚で話さないか？」

東宮が指さす先には小綺麗な東屋があった。棚に藤の花が綺麗に垂れて咲いている。この世のものとは思えない美しい空間であった。

東宮はそこに香蘭を案内するとお付きのものに茶を一杯所望した。有り難くそれを頂くと、

「なんでおまえが後宮にいるんだ。私の典医から親父の典医に乗り換える気か」

と東宮は言った。

「まだ見習いです。仮に正式な医者になったとしても東宮様のお側にいます」

「ならば私に事情を話せ。協力してやらんでもないぞ」

その言葉を聞いて、はっと思った。香蘭は近視眼になっていた。皇帝陛下の話を聞くのならば後宮の管理人に聞けばと思い込んでいたが、もっと単純に肉親に聞くという手があったのだ。東宮は陛下の息子である。その付き合いは二十数年に及ぶ。円楽の比ではないだろう。より詳しい事情を聞けるかもしれない。そう思った香蘭は藁にもすがる気持ちで尋ねたが、そうそう簡単にことは運ばなかった。

東宮の答えも円楽とさして変わりがなかったのである。

「知らない。父親の心情までは私も把握できない。母も私の心の内までは把握できないだろう。血が繋がっていても心まで繋がっているとは限らないのだ」

どこか寂寥感のある物言いであった。父子で確執があることは知っていたが、なにやら根深いものを感じる。深く追及したいが、今はそのときではなかった。

「ならばどうやって調べればいいのでしょうか」

「そうだな。私がおまえならば親父の貴妃になって直接聞く」

「そんな不可能なことを」

「親父は細身の女が好きなんだろう。おまえは細めだ」

東宮はちらりと香蘭の胸を見るが、胸がないと言いたいのだろう。たしかに条件は一致するが、香蘭は陛下の貴妃になっている暇はない。なぜならば香蘭が目指すのは正式な宮廷医だからである。それに皇帝に選ぶ権利がある。香蘭が貴妃になりたいと言っても陛下がその気にならなければ無理なのだ。

万事休す、と思ったが、東宮は香蘭を見捨てなかった。

「まあ、親父の心情は知らないが、聞くことは可能だ」

東宮は香蘭を安心させるために優しげに言うと、折を見てなぜ月栄を側に置いたか聞いておいてくれるという。有り難い。その間、通常業務をこなしつつ、折を見て月栄と面会するが、彼女は日に日に痩せ細っていった。


「今日も体重が減ったの」

「足がふらふらするけど毎日鏡を見るのが楽しみなの」

「日々、美しくなっていくわ」


などとつぶやく。

「――ただ、でもね」

と虚ろな目でささやく。

「こんなに痩せて綺麗になったのに、陛下はちっともわたしに構ってくれないの。むしろ、前よりも遠ざかっている。もっと痩せれば陛下は振り向いてくれるかしら？」

香蘭に問うてくるが、彼女の求める答えは「是」であろう。香蘭が無言でいると彼女は「是」と解釈したらしく、無邪気に微笑む。目に生気がないが。やはり瘦身術中毒になっているようだ。この様子ではいつか倒れる。贅肉は決して無駄なものではない。人間を動かす力を生み出す物質を貯蔵したものなのだ。月栄のように無茶苦茶な瘦身術を行えば身体に負担が掛かる。事実、月栄の髪には艶がなくなった。髪は食物から摂った栄養素で作られているもの。栄養失調になれば真っ先に影響が出るのだ。髪が細くなり、伸びなくなる。男性の場合は髭が伸びなくなったり、禿げたりもするのだ。また当然、肌が荒れたり、表情も不健康なものになっていく。それが美人と呼べるか、はなはだ疑問であった。

ただ一度、瘦身術中毒になった女性を説得することは難しい。なんとか彼女の目を覚まさせねば。香蘭はなんとか彼女に〝普通〟になって貰えるように努力をしなければ。いてもたってもいられなくなった香蘭は皇帝に直訴をすることにした。

「そのようなことをすれば首が飛ぶぞ、比喩抜きに」

これは白蓮の言葉であるが、香蘭はそうは思わなかった。皇帝のひととなりは知っている。平凡で凡庸と評される風流人ではあるが、話が分からない人ではない。また暴君でもない。そこまで無体なことはされないだろうと思った。白蓮は「これだから愚弟子は……」と嘆息するが、結局は快く送り出してくれた。

「まあ、死に水は取ってやる。あとは線香くらい供えてやろう」

「有り難いです」

皮肉も交えずにそう言うと、皇帝陛下に直訴をするため、宮廷に向かった。

そのまま宮廷にある建物の陰に隠れると、陛下がやってくるのをただひたすらに待った。ちなみに陛下は常に侍従や護衛を引き連れて歩いている。

陛下は政治に興味がないが、時間にはうるさく、鶏よりも先に起き、梟が元気になる時間帯に眠る。一分一秒の遅延もない、とは大げさではあるが、事実であった。

香蘭は日課で通る道を知っていたのでここまでは難なく来れたが、ここからが難しい。なぜならば護衛の数が想像以上に多かったからだ。

「二〇人はいるかな……」

呆れるほどだたいそうな行列であった。この国の最高権力者なのだからそれは当然なのだが、今、あの列に向かって突進すれば斬られることは確実であった。師の言葉が脳裏に浮かぶ。

「――死に水は取ってやる」

あるいは首桶を持って待っている、師の言葉を思い出すが、あの列に向かえば確実にそうなる。背中にひやりと汗が流れるが、香蘭の肝は据わっていた。それに機転も利く。香蘭は事前にある程度準備をしていたのだ。予め用意していた衣装に着替える。これは二度目に皇帝陛下の前で披露した歌舞の衣装だ。あのとき、陛下の前で何度も早着替えをし陛下を驚かせた。風流にして雅な陛下ならばこれを着て舞っていれば必ずや香蘭に着目してくれるはず。そう確信した香蘭は意を決して、広い場所に飛び出し、舞い始める。演目はもちろん、あのときと同じ「覇王別姫(はおうべつき)」、演じるは主役のひとりの櫓姫(ろき)である。

香蘭は流れるように舞い踊る。ときには静かな清流のように。ときには激しい濁流のように。緩急をつけて舞う。香蘭にはこれしか方法がなかった。この姿が皇帝の視界に入り、興味を持って貰うしか勝ち筋はないのだ。

陛下に近づくことができない以上、陛下に興味を持って貰うしか方法がない。

祈るような気持ちで舞い進めると、歌舞の最高潮、一番盛り上がる箇所に入る。香蘭は全身全霊で舞を終えると、目をつむり、天命を待った。

今、この場で目を開け、陛下とその近習(きんじゅ)たちが香蘭の前にいれば香蘭の勝ち。いなければ香蘭の負け。ひとりの貴妃が痩身術の果てに健康を損なう。それだけであった。

香蘭が目を開くと目の前には老人が立っていた。

この国で最も尊く偉いお方。この世界の万乗之君にして、唯一無二の存在、中原国一四代皇帝劉宗が目の前に立っていた。

香蘭はそれを確認した瞬間、平伏しようとするが、陛下は、

「よい」

と一言で制す。無論、逆らえるはずもない。

「おまえは先日も会ったな。陽香蘭といったか」

「名前を覚えていただき、恐悦至極でございます」

「こうもたびたび会うとな。しかし、おまえは会うたびに立場が変わるな。芸人なのか、それとも医者なのか」

「医者の見習いでございます。本業は」

「なるほど。それでは手習いか。それにしても見事だ」

「ただただ恐縮するばかり」

「医者の傍らの手習いでそれほどならば、そちらの道に精進すれば一廉の舞姫となろう。あるいは朕にとってはそちらのほうがより嬉しいことかもしれぬ」

「陛下の御意に沿いたいところでございますが、本日は願いがあって来ました」

「またおねだりか」

さすがの皇帝も苦笑する。もはやこの手は使い古されていた。

「いいだろう。面白いものを見れたからな」

その言葉を聞いた香蘭は嬉しさで顔が紅潮するが、居並ぶ近習たちがそれを制す。

「陛下、このものは何度同じ手を使うのです。身分卑しいものの手に乗ってはなりません」

「このものはつけ上がりすぎです。逆に戒めなければ」

「即刻捕らえて磔獄門（はりつけごくもん）にしましょう」

物騒な展開になってきたが、皇帝はそれを制した。

「善い善い」

と宥（なだ）めてくれる。

「中原国の皇帝が小娘ひとりの願いを聞けずにどうする」

そのような論法に持ち込むと、皇帝は香蘭を見つめ、尋ねた。

「それでなにが望みだ？　朕の貴妃にでもなりたいのか？」

「違います」

「それでは正式な医師の免許がほしいのか」

「それも違います」

「ならばなにがほしい？　金銀か、絹織物か、それとも土地がほしいのか」

「どれも手にしたいとも思いません」

「ならばなにがほしいのだ」

「わたしがほしいのは陛下のお時間です。小一時間ほどわたくしめのためにお時間をいただけませんか」

「なるほど、この世で最も貴重なものを欲するか」

皇帝はかっかと笑うと良いだろう、と言った。

「ちょうど、そこに東屋がある。そこでいいか？」

先日、東宮と話したときに使用させて貰った藤棚の東屋が見える。ここは皇帝のお気に入りなのだろう。香蘭としても気に入っている場所なので有り難かった。それにまさか中原国の皇帝に立ち話をさせるわけにもいかない。

香蘭と皇帝は東屋にある椅子に腰掛けようとしたが、近習のひとりが香蘭を遮った。

「陛下に近づく前に刃物がないか確かめたい」

当然か、香蘭は即座に納得し、身体検査を受けるべく一歩踏み出したが、皇帝はそれを制す。

「よい。このものは医者だ。刃物や劇薬を持っていてもおかしくはない」

「ならばなおさら」

「言っただろう。このものは医者だと。このものが持つ刃物と劇薬は人を救うためのものだ。朕にだけ例外なわけがない」

その言葉を聞いた香蘭は震撼する。やはりそうだ、と確信した。この方は決して平凡皇帝ではない。凡庸を装っているだけだ。少なくとも無能ではない。世の中を達観すぎているのだろう。知性があるゆえ、自身でできることの限界がすぐに見えてしまうのだ。ゆえに〝なにもしないのが最適解〟と諦めているのだと確信した。

そう思った香蘭は深々と頭を下げる。皇帝に対してではなく、人間劉宗に対して。

皇帝は香蘭の胸の内を知ってか知らずか、変わらぬ様子で、近習に茶を所望し、香蘭に話を促した。

「それでなにを話したい」

「深刻な話ではありません。ただ、陛下の人となりを知りたかっただけです」

「ほう、知ってどうする」

「陛下のお考えの一端にでも触れることができればひとりの女性が救われるのです」

「なにやら深刻になってきたな」

「少なくともそのお方にとっては深刻でしょう。生き死にに関わっております」

「朕とおまえが話せばその女が救われるのか？」

「はい。そのお方のお名前は月栄様です」

「ああ、月栄か。覚えているぞ。最近、席を一緒にする機会は減ったが」

「月栄様はそのことを悲しんでおられます」

「思い詰めて自殺でも図ったか」

「緩慢な自殺をしようとしておられるとお見受けいたします」

皇帝に事情を説明する。

事情を聞いた皇帝はなるほどな、と頷く。

「そこまで思い詰めさせていたか」

「はい。なぜ、月栄様と会う頻度が減ったのですか？」

「深い意味はない。朕に何人愛妾(あいしょう)がいると思う？」

「無数です」

「そうだ。ときどきによって会う女を変えている。特に深い意味はない」

皇帝はそう断言するが、「ただ――」と付け加えた。

「もしも心当たりがあるとすれば、それはあの娘の食べっぷりを見られなくなったから、かもしれない」

「食べっぷり？」

「そうだ。朕はあの娘の食べっぷりを気に入っていた」

いわく、皇帝は月栄ほど美味しそうに食べるものを知らないという。

砂糖菓子をあれほど美味そうに頬張り、頬を紅潮させるものを他に知らないという。

他の貴妃は太ることを恐れ、意地汚いと思われることを嫌がるというのに、月栄だけは素直に皇帝が出させた食べ物を美味そうに食べるのだ。皇帝はその姿を見るのがたまらなく好きであったのだ。

「餌付けでございますね」

「そうだな」

苦笑する皇帝、これ以上言い得て妙な言葉はないと思ったのだろう。

皇帝の真意が分かった香蘭はほっとする。これで解決策が導き出されたからだ。単純な話だ。普段の食事の量を人並みより少し減らして、皇帝と会うときだけ存分に食べればいいのだ。さすれば月栄は健康的な精神と身体を手に入れられる。

太からず、細からず、健康的で魅力的な女性になれるはずであった。

月栄にその事実を伝えたかったが、ひとつだけ分からないことがあった。それはどうして皇帝は食べっぷりがよい女性が好きなのだろうか、ということだ。こういう機会は何度もあるはずがないので、尋ねてみる。

皇帝は「はてな」と言ったあとに自分でも不思議そうに首をひねると、自分の精神と邂逅する。己の心持ちに興味が出たのだろう。しばし考えると皇帝の脳裏にとある人物が浮かんだようだ。

皇帝はつぶやく。

「そうだ。あの乳母に似ていたのだ。姿形は似ても似つかぬが」

「乳母ですか」

「そうだ。あの娘の食べっぷりは朕の乳母にそっくりなのだ。朕を育ててくれた乳母だ。

あれもよく食べる女でな」

乳母を思い出して恋い慕ったのか、六〇の老人にもなって、と思ったが、皇帝は香蘭の思考を制すように続ける。

「朕は生まれながらの皇帝ではない。兄弟が何人かいた。皇位継承権もなかった。母親が身分卑しい出でな。ゆえに皇室からも遠ざけられていた」

「……」

「子供の頃から他の兄弟や高官に虐められたよ。自身の母ですら早くに他界してな。ゆえに朕を守ってくれるのは乳母だけであった」

「……」

「香蘭よ。朕はなんでも手に入る。この世界にあるものならすべてだ。しかし、それはとてもつまらない」

「御意にございます……」

「なんでも手に入るのはなにも手に入らないのと一緒」

いや、と首を横に振る皇帝。

「なんでも手に入ると考えるのは朕の慢心だ。朕であっても手に入れられないものがある。生殺与奪の権だ」

「なにをおっしゃるのです。陛下は気に入らぬものを処刑する権限をお持ちではございはできない」

「たしかに朕の一存で誰でも処刑できる。形式上はな。ただ、朕は〝生〟を与えること

ませんか」

「……」

「自分を産んでくれた母親を蘇らせることはできない。自分を大切にしてくれた乳母を蘇らせてその手を握ることができないのだ。他のすべてはできるのに、それだけができない。理不尽だとは思わないかね」

皇帝はどこか遠い目をしながら藤の花を見つめる。万乗之君たる皇帝に見つめられても藤の花はなにも語らなかった。

香蘭はすべてを察した。望むものを自由に得られる立場になっても、本当に必要なものを手に入れることができなければ意味はないことに。皇帝が常に諦観したような目をしている理由が分かったが、今の香蘭に皇帝の心を慰撫する力はない。

ただ、

「――心中、お察しいたします」

と、つぶやくだけしかできなかった。

皇帝は無言で頷くが、最後にこう伝えてくれた。

「朕は罪を犯した臣民や憎悪する敵に死を与えることはできる。しかし、おまえは罪や

憎悪の有無に囚われることなく人を救うことができる。生を与えることができる。天神は朕とおまえ、どちらが立派であると判断するのであろうな」

「――――」

以後、皇帝はなにも語ることはなかった。今は沈黙と孤独を欲しているのであろうと察した香蘭はそうっとその場を去る。皇帝を背にすると哀愁の念を感じたが、振り返ることはなかった。ただ、後日、香蘭は特別に許可証なしで後宮に出入りできるようになる権利を与えられたことを東宮から知らされる。それがなにを意味するのかは分からないが、皇帝が香蘭に心を開いてくれたのはたしかなようであった。

東宮は言う。

「親父がそんなことを言うのは初めてだ。実の息子にさえそんなことは語らない」

「わたしを信頼してくれたのでしょうか」

「さてな。齢も六〇を重ねれば誰かに本音を語りたくなるのかもしれん。親父は誰にも語らず抱え込む癖があるからな」

そのように纏めるが、東宮も悲しそうな目をしていた。一瞬ではあるが香蘭が皇帝と分かり合えたことになにか複雑な感情を抱いたようだ。皇室は普通の家庭とは違う。皇位継承や家族間の問題は香蘭には推し量ることはできなかった。

香蘭は東宮にも「お察しします」と声を掛けると、月栄のもとに向かった。今回のことを率直に伝える。

皇帝の心の内を聞いた月栄は、どうしていいものかと困惑する。

「そのままでいいのです。ありのままで。太っていようが、痩せていようが、あなたはそのままでいい。そのままのあなたを陛下はご所望です」

「……でも他の貴妃に馬鹿にされたくない。陛下のお子がほしい」

「あんな陰険な連中に馬鹿にされたっていいではないですか」

「それはそうだけど」

「陛下とのお子は自然に任せましょう。天命ならば授かる。そうでなければ授からない。それだけです。そもそも陛下と会う機会がなければお子は生まれません」

「たしかに。要は食事量だけ元に戻して運動は継続すればいいのね」

「そういうことです」

「――それならばできるかも」

本音では美味いものをたくさん食べたいのだろう。月栄の瞳に光がともった。

「分かった。痩身術はもうやめるわ。健康的に生きることにする」

彼女は拳を握りしめ、力をみなぎらせると、さっそく今まで我慢していた甘味を食べたいと侍女に願い出ていた。砂糖菓子が目の前に差し出されると途端、生気が戻るのだから現金なものである。

ちなみにその後、月栄は数ヶ月掛けて標準体重よりもちょっとふっくら程度の身体となった。いかにも健康そうな体形に戻したのである。

皇帝も頻繁に会食に誘ってくれるようになり、彼女自身も満足げであった。

月栄が痩身術をやめると他の貴妃たちもひとり、またひとりとやめていく。彼女たちの気分は移ろいやすいのだ。

ただ、皇帝の気持ちだけは不変なのかもしれない。不遇だった少年時代の心のまま六〇と三年の人生を歩んできたのかもしれなかった。それが今回の騒動で香蘭が知り得たことであった。

こうして後宮の痩身術騒動は終幕を迎えたが、これは幕間でしかなかった。南都の北方にある地にて宮廷全体を巻き込む大騒動が起ころうとしていた。

ただ、香蘭たちのもとには風雲急を告げる報せはまだ届いていなかった。

十七章　四人の皇族

中原国の皇帝には両手両足の指では数え切れないほどの子供がいる。しかしその中でも皇位継承権を持つものは三人に限られた。中原国の国法により、人数が定められているのだ。

第一継承者は当然ながら長子である劉淵。

第二継承者は次男である劉丕。

第三継承者は三男である劉決（りゅうけつ）であった。

他にも無数の男兄弟がいたが、母の身分や出生順、それと皇帝自身のきまぐれによってこの三人が皇位継承権を持つことになっている。三人の仲はそれは麗しく、三本の矢に喩（たと）えられるほど良好——ではなかった。三人はそれぞれに派閥を作り、骨肉の争いを繰り広げていたのだ。

次男の劉丕は虎視眈々（こしたんたん）と兄を引きずり下ろそうと謀略を企てては、ことあるごとに兄に掣肘を加え、牽制していた。東宮である兄がなにか政策を提案すれば必ずそれに反対をした。それが天下万民のために役立つ政策であってもだ。ただただ兄が気にくわないという一念で反対に回るのだ。そのせいである地方の食糧事情が悪化し、餓死者が出たこともある。

また東宮劉淵を暗殺しようと試みたことも一度や二度ではない。劉盃は数え切れないほどの暗殺を計画し、実行した。

三男である劉決は皇帝の座を望んでいなかったが、周囲がそれを許さなかった。彼を担ぎ出し、次期皇帝にしようとする一派がいたのだ。彼自身は父である皇帝によく似ていて、詩作や音楽などを愛し、内気で文化的であった。

彼らは父母を同じくし、同じ血が流れているが、魂までは共有していないようであった。互いに互いを嫌い、憎悪すらしていた。

今、三人の感情はもつれ合い、修復不可能な段階に入っていた。いつ破綻してもおかしくない状況であったが、破綻しなかったのは絶妙な均衡を保っていたからに過ぎなかった。しかし、それも永遠ではない。とある偶発的な〝事故〟が皇族たちの運命を呑み込もうとしていた。

「〝あの〟役立たずの代名詞である愚弟が大戦果を挙げたって!?」

驚きの声を上げたのは香蘭が仕えている主、東宮劉淵である。その後、「信じられない」と続くが、一体何事であろうか。検温の準備を中断し、様子を見守る。

東宮は今一度、北方からもたらされた戦果を聞く。

「繰り返すが本当にあの愚弟が手柄を立てたのだな」

御意でございます、と使いのものは真顔で答えた。

「ううむ、信じられぬ」

東宮は再び唸る。それほどまでに想定外であったのだろう。この豪胆な東宮がこのように驚くなど珍しいことであった。差し出がましいことは承知の上で尋ねる。

「東宮様、一体、なにがあったというのです」

香蘭の問いかけに東宮は自身が冷静さを欠いていることに気が付いたのだろう。「ふう」というため息とともに話す。

「俺の弟が北方の戦いで戦果を挙げたのだ」

「弟君は戦場に立たれていたのですか」

戦果を挙げたことよりもそちらのほうが驚きだ。東宮の弟劉盃は陰険な策謀家で、東宮御所の一角で酒池肉林の宴を催すことだけが生きがいのような男である。率先して血なまぐさく泥臭い戦場に立つ姿は想像できない。そう伝えると東宮は首肯する。

「やつは戦場でも宮廷と見紛うばかりの陣幕を張り、その中で遊んでいるだけだ。実際の指揮は将軍が執っている」

「名目だけの総大将なのですね」

「そうだ。実際、〝なにもしないほうが〟まだ現場も助かるくらいの役立たずなのだが、やつは自分に媚びへつらう将軍しか登用しないものだから、いくさでも連戦連敗していた」

「組織は上から腐ると言いますものね」

「そういうことだ」

「しかし、総大将も将軍も無能。ならば兵士の士気も低かったでしょう。そんな軍隊がどうして戦果を挙げられたのです？」

「偶然だよ」

東宮は簡潔な言葉で片付けるが、実際に偶然だったようで、北方で戦っていた劉壷の軍勢は、終始押されっぱなしであったらしい。なにもできず北胡の軍にいいように翻弄されていたが、陣幕で深酒をし、酔っ払っていた劉壷が戯れに「今日は夜襲をかけよ」と命令したところ、それが見事に成功してしまったのだ。北胡の軍勢もそれまで優勢であったので、まさかこの期に及んでそのような奇策を弄してくるとは思わなかったのだろう。また劉壷自身も翌朝には夜襲を命令したことなど忘れていたのだそうな。呆れるほど愚かな経緯で立案された作戦が、偶然に偶然が重なった結果、成功してしまったというのが今回の顚末であった。

人はそれを〝奇跡〟と言うが、香蘭もそうだとしか思えない。

「さらに付け加えればその戦いで敵に痛打を与えた上に、敵軍の大将も捕縛したとのこと」

「敵軍の大将を⁉」

「そうだ。敵軍の総大将、しかも皇帝の長男を捕らえたそうな」

「長男ということは皇太子ではないですか⁉」

香蘭は腰が抜けそうなほど驚いた。

中原国と対立する北胡は可汗（ハーン）と呼ばれる皇帝が統治する遊牧民族の国家である。国家の長がいるということは当然ながらその後を継ぐものもいた。その人物を東宮の政敵である劉盃が捕らえたというのだ。大戦果と言ってもいい。あるいはその戦果によって自分が次の皇帝の座を得ると言い出すかもしれない。いや、必ず言い出すだろう。この国に益をもたらした自分こそが次期皇帝にふさわしく、現在の東宮である劉淵を廃嫡し、自分が新たな東宮、皇太子になると言い張るはずであった。

さすれば宮廷は大混乱に陥り、内乱状態になるかもしれない。政治に疎い香蘭でもそれくらいのことは察することができた。

「厄介ですね」

香蘭も東宮と同じく渋面になるが、困っているばかりでは事態は解決しない。現時点では波乱を予測するしかなく、北胡の皇族を捕らえて意気揚々と凱旋する劉盃の到着を待たねばならなかった。

†

北胡との大規模な戦いがあった場所から南に数十里下がった場所、そこには虜囚となった北胡の皇族タガイ・エルエイがいた。北胡の可汗オグドゥル・エルエイの長子である。

彼を説明するにはまず北胡という国の成り立ちについて説明しなければいけない。

北胡とは中原国北方の草原地帯に割拠する異民族の総称だ。中原国の民から見れば騎馬を自在に操り、略奪と侵略を繰り返す台風のような民族という認識であるが、概ね間違っていない。彼らは常に天幕を持ち歩いて草原地帯を移動し、良質な牧草地を探している。

物心を覚えた頃から馬に乗る。暴れ馬を乗りこなしたものほど勇猛果敢な男になると信じられており、戦士を目指すものは皆、こぞって発情期の雄馬にまたがった。中には振り落とされ、落馬する子供もおり、そのときに死んだり、一生ものの怪我を負ったりするものもいる。

また北胡の子供は全員が弓を持っており、馬上から弓を放つことができる。ひとりひとりが一騎当千の強者であり、勇者なのである。

そのような民族を束ねるのは勇者の中の勇者であった。北胡の諸部族を纏め上げることができるのは偉大なる始祖、赤き羆の血を引くものだけとされているのだ。

赤き羆とは北胡部族長の始祖とされる古代の人物である。赤き羆と呼ばれる最強の羆が草原を支配し、そこで北胡人の娘と交わったことによって生まれたという伝説があるのだ。そのとき生まれたのが初代バルカン・エルエイであり、以後、その直系の子孫だけがエルエイを名乗ることが許されていた。エルエイを名乗ることができる九の氏族のうち八を実力によって黙らせることができるのが皇家であるエルエイ本家であり、その現当主がオグドゥルというわけである。


虜囚の憂き目に遭ったタガイ・エルエイは荷馬車に置かれ檻の中から空を見上げる。空はどこまでも青く澄み切っていた。ここは草原地帯ではなく、故郷とは似ても似つかないが、それでも空の色は一緒であった。あの空の先に故郷があると思うと、自然と涙が流れる。

それを見ていた見張りの兵は北胡人も涙を流すのかと同僚と話していた。

北胡人は悪鬼であり、口は耳まで裂け、角が生えていると信じている輩なのである。また北方の蛮族であり、中原国の言葉など解さないと思っているのであろう。先日から言いたい放題に言われている。

しかし、タガイは気にしていなかった。雑兵の罵詈雑言にいちいち怒色を示していたらきりがない。そのようなことでいちいち激発をしていたら軍の総司令官など務まるわけがない。そんなことよりもタガイはなぜ、今、自分がここで虜囚の憂き目に遭っているか考察をした。

タガイは無能ではない。夜襲は常に警戒するよう指示していた。しかし、その命令は下部にまで伝達されていなかったようだ。それ自体は希にあることなのだが、タガイは疑念を持っていた。

タガイの本陣の〝正確〟な位置まで把握されていたのはなぜだろうか。これも偶然なのであろうか？

否。

違う。そんなことは絶対にあり得ない。

偶然に偶然が重なりすぎている。タガイの陣営の誰かが〝敵〟に情報を漏らしたとしか思えなかった。タガイの陣営の中に裏切りものがいるのだ。タガイはその人物をある程度絞ることができたが、それはタガイの弟であるロロギイである。

ロロギイとは、中原国の言葉に訳すると勇敢な男。北胡ではありふれた名前であるが、名は体を表していない。ロロギイは戦の指揮を執ることはあるが、常に安全地帯にいた。後方で補給や内政を担当することが多い人物だ。それ自体、悪いことではないが、やつとタガイの相性は最悪であった。幼き頃から口喧嘩や殴り合いの喧嘩が絶えず、互いに互いを兄弟とも思っていなかった。気質自体が合わない、ということもあるが、それ以上の〝確執〟を抱えているのである。今回の件はあの男が裏で糸を引いていると見て間違いないだろう。やつが敵に情報を教えたのだ。

ため息は漏れ出ない。からくりが分かれば至極納得がいったからである。

タガイは馬車に揺られながら、今後取るべき道を考えた。

このままここで舌をかみ切って死ぬか、あるいは南都に連行され人質となるか。

名誉ある死を望むのならば前者であるが、タガイは名誉だけに固執していなかった。

タガイには証明しなければいけないことがあるのだ。

自分には赤き羆の血が色濃く流れていることを。

偉大なる父、オグドゥル・エルエイの〝息子〟であることを証明しなければ、あの世に旅立つことなど到底できなかった。

†

南都に北胡の皇族が運ばれてくる、という情報は瞬く間に南都中に広まり、市中は騒然となった。南都の人々は珍しもの見たさに集まるが、衛兵たちがそれを蹴散らす。タガイを賓客として遇すわけではないが、晒すつもりもないのだろう。そもそもタガイを殺すのならば機会など無限にあった。そうしなかったということは、タガイの身柄を材料に北胡と交渉をするつもりなのだろう、というのが香蘭の師である白蓮の分析であった。

「要は人質にするということですか？」

香蘭は尋ねる。

「そうだな」

と首肯する白蓮。

「たしかに皇族は人質としての価値が高いですよね」

「同質量の金と同じくらいの価値がある」

「タガイの身柄を交渉材料とし、領土を返還してもらう算段でしょうか」

「おそらくはそんな形で落着するはずであるが、はてさて、どうなることやら」

「名軍師白蓮殿でも予測できませんか？」

「ああ、なにせ宮廷も一枚岩ではないからな」

今現在、宮廷は大きく四つに分かれている。東宮を支援する東宮派、その弟である劉盃を支持する劉盃派、三男を支持する劉決派、さらに重臣たちも魑魅魍魎のように派閥を形成している。主流はもちろん東宮派ではあるのだが、それでも圧倒的支持を得ているわけではない。

どの派閥がどう動くのか、まったく分からなかった。

中にはタガイを拷問し、積年の恨みを晴らしてやれ、というものもいるかもしれない。あるいは名将であるタガイを臣従させ、こちらの味方にしようという案を出す輩もいるかもしれない。実現可能かどうかは別として様々な思惑が飛び交い、いまの時点では先行きは甚だ不透明であった。

香蘭としてもそのような重大なことに関わることはできないので、傍観するしかないが、タガイの処遇が決まると香蘭たちの運命も動き出す。南都に送られ、牢に収監されると、タガイが吐血したからだ。

北胡の名将タガイは病気を患っていた。

それも宮廷の医者たちがさじを投げ出すほどの難病に。

仕方なく白蓮が応じると、師は深刻な顔をしてこのように言い放った。

「話だけ聞くと潰瘍型の胃癌だな」

こと病気や怪我に関しては冗談も嘘も言わない師である。タガイの病状は相当重いとみていいのだろう。つまり香蘭たちが彼の延命をしなければいけないということであった。

「まったく、俺たちはどうしていつもこうろくでもない事態に巻き込まれるんだろうな」

〝たち〟というのは香蘭の騒動体質を揶揄しているのだろうが、今回に限っては師である白蓮が巻き込まれた形となる。師が神のような御業を持っているからこそ朝廷から指名されたのだ。香蘭の体質は無関係であったが、もはや動き出した荷車は止まらない。

香蘭は師に従い一路、東宮御所へ向かった。

東宮こと劉淵は香蘭たちを見るなり、苦虫をかみつぶしたような顔をした。なにか無礼を働いたのかと思い頭を下げるが、東宮は、

「勘違いするな」

と制した。

「機嫌が悪いのはおまえたちに望まぬ依頼をしなければならないからだ」

「望まぬ依頼とはタガイを治療しろということかね」

耳をほじりながら白蓮は面倒くさそうに言った。

「そうだ」

「その物言いだとおまえは潔く処刑したほうがいいようなふうに聞こえるが」

「当たり前だ。私は武人だぞ。人質を取って相手と交渉するのは好かない」

「虜囚の辱めを受けるくらいならば死んだほうがまし、か」

「私ならばそうする。いや、戦場で華々しく死にたいね」

「だがタガイはそう思わなかったからここにいるんだろう」

「そうだ。あれほどの武将が生け捕りになるなど、通常あり得ないのだが」

「なにか、生に執着する理由があるのかもしれないな」

「本人はなにも供述しないからその辺は分からない。ただ、生に未練があるのはたしかなようだ。治療を望んでいる」

「おまえの弟はどう思っているんだ。生け捕りにした張本人は」

「あいつは馬鹿だから捕まえただけで大満足しているよ。さっそく父親に武功を聞かせて次期皇太子の座をねだっているようだ」

「不機嫌な理由もそこにあるのかな」

「それは認めようか。ただ、タガイの扱い方を間違えて、北胡を激発させたくないんだ」

東宮はそう纏める。タガイを交渉の材料にするにしろ、処刑するにしろ、なにか行動を起こせば北胡からそれ相応の反応があることはたしかである。ただ、交渉の席に着く前にタガイに病死でもされようものなら勘違いをされることは確実であった。勝手に処刑したことを口実に大軍を動員して南都に攻め入ってくるかもしれない。弔い合戦を旗印にされれば中原国の軍隊など蹴散らされるかもしれなかった。劉淵はタガイに名誉の死を与えようと望んでいるようだが、そう簡単に事が運ばないのが政治の世界であった。

「ともかく、今、北胡に交渉の席に着くように願い出ている。それまでの間に死なないように彼を治療してくれないか」

「もちろん手を尽くします、我々は医者ですから」

面倒そうに顔をしかめている白蓮に成り代わって香蘭が答える。

「だそうだ。ま、朝廷がスポンサーならば銭に不足はなさそうだから断る理由はない。ただ俺も万能ではないぞ。まだ、診ていないからなんとも言えないが、側聞するところによるとタガイは胃癌のようだ」

「治すことはできないのか？」

「時と場合による。予断で確約できない」

「ならばまずは診察をしてくれ。話はそれからだ」

「了解」

白蓮は短く纏めるとさっそく、タガイが幽閉されている場所へ向かった。

タガイが幽閉されている牢獄は宮廷内にあった。当初は南都郊外にある囚人収容施設に移送される予定であったのだが、ここまで騒ぎになってはそれも危険であると判断されたようである。それに中原国が敵国の皇族を粗略に扱わないことを内外に示す意味もあるだろう。ただ、脱走されたら困るので警備は厳重であった。

散夢宮にある使われていない館が急遽、捕虜用の迎賓館に改築されていた。館の周りを堀と柵で囲って脱出できないようになっている。

軽く周囲を見渡すが、堀は深く、柵は高い。警備の兵の数は一〇〇をくだらない。手を翼にして飛翔しない限り抜け出すことは不可能であろう。何重にも精査され、刃物や劇薬の類いは持ち込みが禁止であった。

服の裏地まで調べられて辟易している香蘭、聴診器まで取り上げられそうになるが、さすがにそれは困ると押し問答などしていると、案内役の上官らしきものが現れ、タガイと面会することが叶った。

タガイ・エルエイ、話には聞いていたが、北胡の皇族にして要人、さらに付け加えれば北胡でも最強の名将として名高い男、どのような強面の異国人かと緊張していたが、会えば中原国人と大して顔立ちは変わらなかった。無論、中原国の文官のように貧弱ではなく、精悍な顔立ちをしているが。

　中原国の軍隊を大いに苦しませた男は座敷牢で大胆不敵に仰向けになっていた。天井の染みをぼんやりと見つめている。彼はこちらのほうを見ずに、

「あらゆる拷問の中で退屈に勝るものはないな」

　と愚痴を漏らす。

「爪剝ぎと、水責めも辛いぞ」

白蓮は軽く返す。

「眠らせないのも効果的な拷問だが、俺は退屈のほうが嫌いだ」

「拷問をする側だったあんたが言うんだから違いない。さて、自己紹介をしようか。俺の名は白蓮。白蓮診療所の主だ」

「ほう、知っているぞ。おまえがかの有名な神医だろう」

「なぜ、俺を知っている」

「おまえの医療の腕は北胡まで響き渡っている。それにおまえは昔、劉淵の軍師をしていただろう。何度かまみえたことがあるはずだ」

「覚えていてくれたか」

「ああ、おまえがいた頃の中原国の軍隊は手強(てごわ)かった」

「引退してからのことは知らんよ。しかし、その弱い軍隊に捕まった感想は？」

「してやられた。自分の弟にも、劉淵の弟にも」

「潔い感想だ。さて、それでは診察をしたいが、協力してくれるかね」

「いいだろう。俺も死ねないわけがあってね。命を長引かせたい」

香蘭はほっとする。とりあえず患者のほうには生きる気力があるようだ。生きる気力がないものを治療することほど難しいことはない。

香蘭はさっそく脈拍を取り、心音を聴診する。不整脈などはないが、病人独特の匂いと衰弱した感じを漂わせていた。今まで香蘭が診てきた〝死病〟の患者と同じ雰囲気を纏っているのだ。

香蘭が基本的な診察をすると結果を白蓮に伝え、以後、師が交替する。肝心の部分は経験豊富な師でなければ分からない。もっとも内視鏡と呼ばれる便利な器具がない以上、問診と血液検査などしかできないが。一度腹を切(き)り捌(さば)かないとなんとも言えないと白蓮は言う。ただ、死病であるのもたしかなようで、

「手術をしなければ半年以内に死ぬだろうな。それも精一杯長めに見積もって、だ」

と率直に言い放った。

「忌憚(きたん)のない意見だ」

タガイは不敵に笑う。

「半年もあれば十分だ。なんとか俺を生かしてくれ」

「あい分かった。さっそく手術の日取りを――」

「それには及ばない」

突然、横やりを入れてきたのは偉そうな文官であった。いや、偉そうな、ではなく、偉いか。恐れ多くも皇帝より軍務省尚書令の役職を賜っている男、孫管が現れたのだ。

軍務省尚書令は軍事を取り仕切る文官の最高官位、大司馬の次に偉い役職だ。位も三品官ととても高い。香蘭は平伏せざるを得ないが、白蓮は平然と突っ立っていた。

「……白蓮殿」

香蘭は小声で平伏するように促すが、師にはのれんに腕押しであった。

軍務省尚書令の孫管はそんな白蓮の態度にいらだつことはなかった。孫管は見た目以上に官僚的な男で、冷ややかな視線を送るだけであった。

横に屈強な衛兵を従えた孫管は言う。

「その男を治療することはまかりならない」

香蘭は抗弁する。

「恐れながら、これは摂政であらせられる東宮様の御意向です」

「軍務省尚書令の言葉は東宮様より軽いのかな」

皮肉に満ちている。有り体に言えば軍務省尚書令よりも摂政のほうが上位であるのだが、面と向かって肯定はできなかった。しかしだからと言って大人しく是認することはできない。孫管になぜ、治療をしてはいけないのか尋ねる。彼は忌憚なく真実を語ってくれた。

「劉盃様の御意志である」

なるほど、分かりやすい。孫管は劉盃派のようだ。

霍星雲事件のときの遺恨もあるのだろう。あのとき、彼とその部下に煮え湯を飲ませ、敵対する意志を見せたのは香蘭自身であった。その仕返しと意趣返しを今されているというわけだ。

それと、なんでも兄に反発する弟殿下としては、兄がタガイの治療をするというのだから反発したくなるというもの。あるいはタガイをこのまま病死させ、その責任を東宮になすりつける気なのかもしれない。劉盃自身はそこまで知恵は回らないだろうが、孫管あたりが考えそうな策である。

しかしそれでもこちらとしては東宮の命令に従わなければならない、と強引に診察しようとするが、屈強な衛兵に阻まれてしまう。

孫管は冷静怜悧に言う。

「東宮様の命令だけでは駄目だ。手術をしたければ、少なくとも朝議に掛け、過半数の同意を得るのだな」

「過半数の同意……」

「実質不可能だ」

とは白蓮の言葉だった。

「宮廷は諸派に分かれているが、劉盃が敵対している時点で過半数の支持は得られないだろう」

冷静に分析する白蓮、孫管も「だろうな」と冷ややかに言った。

「そんな。劉盃様はこの国の滅亡をお望みですか？　今、タガイ殿が死ねば北胡は怒り狂って二度と交渉の席についてくれないかも」

「そこまではこちらの知るところではない。そうなれば政治の責任者である摂政殿が責任を取られることになるのではないか」

「………なんて人たちだ」

孫管の耳に届かないようにつぶやく。

結局、この人たちは国よりも自分の利益しか考えておらず、東宮を失脚させることしか頭にないのだ。もはやなにを語っても無駄だと思った香蘭は、白蓮を共だって東宮のもとへ向かった。

東宮の執務室に入ると、彼は香蘭に向かって、

「その様子だと診察はできたが、腹を切り捌くことはできなかったか」

と言った。さすが慧眼であるが、香蘭の義憤に駆られた様を見れば想像できるだろう。

「孫管いわく、朝議で過半数を取れ、とのことだった。つまりおまえが多数派工作で事前に根回ししろ、ということだな」

白蓮は単刀直入に言う。

「簡単に言ってくれるな」

「東宮様は宮廷内で皇帝陛下の次に偉い摂政の位にあります。宮廷内でも最大勢力なのでは？」

「あくまで第一勢力というだけで多数派を形成しているわけではない。どんぐりのせいくらべだよ。宮廷は私を支持するもの、劉盃を支持するもの、劉決を支持するもの、その他、に分類される。朝議で半分の票がほしければ少なくとも劉盃以外の勢力をすべて取り込まなければならない」

「政治の世界です」

「子供の喧嘩と変わらないよ。一番小ずるいやつが勝つようにできている。ならば私も小ずるくなろう。劉盃を説得するのは不可能なのは分かるな」

「それはもちろん」

「ならばもうひとりの弟、第三皇位継承者の劉決を味方につけたい」

「劉決様ですか」

昨今、耳にするようになった名前であるが、東宮には同腹の兄弟が二人いた。ひとりは政敵である劉盃であるが、もうひとりも独自の勢力を築いているという。

「築いているというか、担ぎ上げられているだけだな。弟自身はさして政治に興味はない」

「お父上に似ているのですね」

「姿形は似ていないが、中身はそっくりだな。政治にまったく興味がない。父親よりも詩作が好きで琴を奏でながら日々を過ごしているよ」

「風流で雅やかな人だ」

「ただそれでも皇位継承権を持っているせいで、周りに有象無象の権力欲に駆られたものたちが集まってくる。劉決はそいつらを追い払うことなく、共に詩を作ったり、舞を見せ合ったりして日々を過ごしているんだ」

「なるほど。ご兄弟仲は悪くないのですか？」

「劉盃とは廊下ですれ違っても声を掛けないが、劉決とは会えば話し込む」

「仲がいいということですね」

「そうとも言う」

ならば朝議でこちらの味方につくように説得してみよう、と提案するが、東宮は顔をしかめる。

「仲がよろしいのでしょう？」

「だからといってこちらに味方してくれるとは限らない。あの男は雲のようにつかみ所がないからなあ」

実の弟なのに酷い言われようだ。それにこの口ぶりだと自分で説得する気はないようだ。誰かに託すつもりのようだが、その人物は香蘭である可能性が高い。香蘭は「はあ」とため息を漏らす。

「なぜ、わたしが東宮様の弟君を説得できると思われるのです」

「腹が減ったら飯屋、傘が欲しいのならば笠屋に行くものだろう。説得は香蘭屋と相場が決まっている」

「わたしは御用聞きではありません」

「しかし私の家来ではある」

「それはそうですが」

「弟は政治の話を嫌う。今の私が行けば必ずへそを曲げるだろう。だからおまえを代理にしたいんだ。これは東宮としての命令だ」

命令されてしまえば従うのが臣民の道である。香蘭は、

「成功するかは保証できませんからね」

と念を押したあとに劉決の居場所を尋ねた。劉決はただいま南都郊外にある別荘にい

るらしい。そこで風流に過ごしているのだそうな。羨ましいご身分である。

　香蘭は早速、馬車を手配して貰うが、馬車に乗り込む際、東宮から助言と共にとある包みを渡される。

「言い忘れたが劉決は女嫌いだ。その格好で行けば面会すらして貰えないだろう」

「つまりどういうことですか？」

「男装をしろということだ」

　そんな大切なことは先に言ってくれと思うが、白蓮は知っていたようでどんな姿になるかここで着替えてくれと笑った。もちろん、嫌であるが、東宮も悪乗りして「それがいい」とはやし立てるので結局、馬車に乗る前に披露する。男装を見たときのふたりの感想は、

「ほう」

　と、

「へえ」

　に分かれた。

「ほう」とつぶやいたほうは「意外と似合うな」と言った。「へえ」とつぶやいたほうは「胸がないからばれなさそうだ」と言った。どちらがどっちの意見なのかは明かすまでもないだろう。香蘭は早速馬車に乗り込むと東宮の弟劉決の別荘へ向かった。

貴族や皇族の別荘は南都から少し離れた山紫水明の地に集まっている。どうせ別荘を構えるのならば美しく、心が落ち着く場所がいいからだ。それに南都からある程度近いほうがいい。不便な場所に別荘を持っても仕方ない。そういった意味ではこの地は人気なわけであるが、劉決の別荘は人気の地区の中でも辺鄙なところにあった。

それでも南都から馬車で数日のところにこのような立派な建物を建てられるとは皇室の財力を改めて思い知らされる。香蘭が千年働いてもこれを建てるのは不可能であろう。

劉決の別荘の前に立ち、香蘭はあんぐりと立派な門を見上げる。

これが庶民と皇族の差か。そのように思いながら劉決の使用人に取り次ぎを頼むと、彼は快く引き入れてくれた。東宮の紹介状は効果覿面だ。歓迎され迎え入れられた香蘭は、意気揚々と劉決の前に出るが、劉決は香蘭を見るなり狂喜した。

「こんな素敵な男子が来るとは夢にも思っていなかった」

飛び上がらんばかり、というか実際に跳ねて小躍りしている。なんでも香蘭がやってくることは事前に聞いているようで、さらに付け加えれば香蘭の男装は完璧だったらしく、見破られることはなかった。

「いやあ、それにしても僕〝好み〟の男子だ。さすが兄さんが派遣しただけはある」

男装姿の香蘭をいたく気に入ったようである。

やたらと馴れ馴れしいというか距離が近い。さりげなく腰に手を回してきたりする。これはもしかしたら女嫌いというよりも男が好きなのでは、と勘繰ってしまうが、それは当たっていたようだ。

顔をずいっと近づけると、艶めかしく言った。

「今、君って恋人はいる？　異性同性問わず」

当たりのようだ。どうやら劉決は同性が好きなようである。

「異性同性問わず恋人はおりません」

「そうなんだ。もったいない。そんなに可愛い顔をしていればみんな放っておかないと思うのだけど」

軽い口調で言う劉決。

「生憎と医学を学ぶことで忙しく、暇がなく」

「そうなんだ。君って医者の卵なんだね」

「はい。立派な医者になりたいです」

「ふむふむ。それで兄さんの側で医学を学んでいるんだね。ささやかな特権だ」

「はい。東宮様にはとてもよくして貰っております」

「しかし、兄さんにこんなに可愛い典医がいたとは羨ましい」

指を噛み、物欲しげな表情をする。

「僕も君が欲しい。君を典医にしたいな」

「それは難しいかと。わたしは東宮様に忠誠を誓っているので」

「分かっているよ。言うだけならばただでしょう？」

「そうですね。ならばわたしのお願いも聞いてください」

「聞くのもただだね」劉決はくすりと笑う。

「今、殿下の兄上様が運良く捕縛した北胡の皇族の処分で揉めております。そのものは病にあってすみやかに治療に当たらなければならないのですが、それ以前に腹を開く手術をする段階で揉めているのです」

「あー、みたいだね。僕の取り巻きがそんなことで騒いでいた」

劉決自身はどうでもいいようなのだが、遊興仲間の側近たちはこの騒動に乗じて政治的な発言権を駆使したいようだ。

なにせタガイの問題は国家の存亡に関わっている。劉決自身は皇位を狙っていないようだが、その側近たちは劉決を担ぎたくて仕方ないのだそうで、劉決も迷惑しているらしい。だから早々に片を付けたく、今、この場で即決してもいいとさえ言っていた。

ただ、それでは香蘭が困る。即決するにしても東宮に味方するという言質が欲しいのだ。出会って数分であるが、この人は香蘭が知る劉家の人たちとは全然違う。皇帝のように雅やかなことを好むが、諦観の念はなく、快活であり、長兄の劉淵のように生真面目でもなく、次兄の劉丕のように陰気でもない。同じ血族とは思えないほど似ていない。

「殿下、ことは天下の大事です。もちろん、東宮様に味方をしていただきたいのですが、安易に決めないで欲しいです」

「小難しい子だねえ。ならばあみだくじで決めるかい？」

「駄目です」

「それじゃあ、靴を投げて表なら劉淵兄さん、裏ならば劉丕兄さん」

「それも駄目です」

「じゃあ――」

「じゃんけんも駄目です」

予防線を張ると劉決は「ちぇ」と拗ねてみせたあと、少し考え込む。

「分かった。真面目に考えた上でどちらの兄さんにつくか決めるよ」

「そうしていただきたいです。東宮様の反対の行動をするのが劉丕様なのですから。つまり、大事を決めるのは殿下である可能性が高いのです」

「そう考えると楽しいね、選ばれしものだ」

「はい。ですのでじっくりとお考えいただいた上でご返答ください。しばし、この別荘付近に滞在しますので、お心が定まりましたら遣いを」

「なに、君、もしかしてここに泊まってかないの？」

「ご迷惑は掛けられません」

「迷惑だなんて思っていないよ。というか、僕は君の提案を受け入れたんだ。是非、泊まって行きなさい」

軽く劉決を見つめるが、他意はないような表情にも見える。依然として貞操の不安はあるものの、ここでむげに断るほどの胆力は香蘭にはない。有り難く別荘に泊まらせていただく。


翌朝、昨日と変わらぬ気さくさで劉決が声を掛けてくれる。

「よく眠れたかい？」

「夜中に二度ほど夜這いに来た方がいたので眠れませんでした」

「そんな不届き者がこの屋敷にいるなんて信じられない」

「殿下ではないですか……」

「誤解しないで欲しいな。長旅で疲れた男の子を按摩してあげようと思っただけだよ」

「それだけで済ませる気はないでしょう。まあ、寝具などは素晴らしかったので野宿よりましでしたが」

「それはよかった。ちなみにあのあと、僕はどちらに味方すべきか、一晩考えたんだけど」

　劉決は唐突に核心の問題を切り出した。香蘭は思わず生唾を飲み込む。彼の心ひとつでこの国の未来が変わるからだ。じいっと劉決を見つめると、彼の麗しい唇が動いた。

「あみだくじやじゃんけんが駄目ならば兎に競走させて決めればいいいと思うんだ。白い兎が勝ったら劉淵兄さん、黒い兎が勝ったら劉盃兄さんに味方する。どう思う？」

「……」

　呆れて口もきけなかったのでその気持ちを表情に出して劉決に伝える。すると劉決は香蘭に冗談の素質がないと思ったようだ。師にも同じことをよく言われる。おまえにはユーモアのセンスがない、と。たしかにないので肯定するしかないが。

「よく堅物だ、って言われるでしょう」

　劉決は茶目っ気たっぷりに笑うが、それもよく言われるので気にはしない。堅物として返答する。

「劉決様、真面目にお考えください。あなた様のお心持ちひとつでこの国が滅ぶのか栄えるのか、決まるのですよ」

「なるほど、たしかにそうかもね。でも、国というものはいつか滅ぶものだよ」

　重大なことをさりげなく言う。

「この世界に滅びなかった国などひとつとして存在しない。どんな国も始まりがあり、終わりがある」

「……」

　たしかにその通りだ。この中原国の現在の皇帝は一四代目。つまり中原国建国前には別の王朝があったわけで、その前にも王朝はいくつもあった。王朝にも春夏秋冬があり、必ず冬のときが訪れる。冬の厳しさを乗り切れなかった王朝は滅びるのだ。

「たしかに僕の行動ひとつで北胡がどう動くか決まるだろう。ただ、どちらでも僕は構わないよ。北胡が怒り狂って攻めてきてもいいし、これを機会に和平を結んでもいいし。ただ、どうせこの国はいつか滅ぶ。国燃えて山河残る」

　劉決はそのように言うと、窓辺に立ち、山々を見つめる。

「今、この瞬間、僕の前にこの美しい光景が広がっている。それ以上、なにを望むと言うんだい」

　極論ではあるが、正論だったのでなにも返答することはできない。答えに窮している香蘭を見て劉決は「ははっ」と笑みを漏らし、このように纏める。

「まあ、僕はこのような思想を持っているから、説得はさぞ困難だと思う。でも、君ならばきっとできるからしばらく僕と遊んでよ」

　どうやら劉決は香蘭をからかうことに面白みを感じているようだ。こういうところは劉淵によく似ていた。香蘭はその日一日、劉決にのべつ幕無しにからかわれ、翌日以降も同じような日々が続いた。

やれ亀甲占いで決めるだの、抽選くじにするだの、天気で決めるだの、そのときの気分で色々な提案をされる。中には半分実行しかけたものまであった。いい加減にしてくれ、そんな気持ちが日に日に強くなった香蘭は、ついに爆発した。

「いい加減にしてください！　わたしは真面目にやっているのです！　劉決様はなぜ、そのように不真面目なのです！」

「君は真面目にやっているの？」

「はい。わたしは南都からわざわざ馬車に乗ってやってきたのです。今は国難のときなのですよ。なぜ、わたしを欺いたりからかったりするんですか！　わたしは真剣に国のことを思ってここまでやってきたのに！」

「そうかな。僕にはそうは思えない」

劉決は急に真面目な顔になり、素の表情を見せる。至極落ち着いた口調で香蘭の〝欺瞞〟を暴いた。

「真面目ならば〝男装〟などしてやってくるわけがない。君は最初から僕を欺いていた。だから僕はそれに応じた対応をしただけなんだけど」

香蘭の背中に冷たいものが走る。

「……………」

「僕は最初から君が女の子だと知っていた。僕が女嫌いだからと兄さんあたりが入れ知恵をしたのだろう。違うかい？」

「……違いません」

香蘭は劉決を見くびりすぎていた。兄である劉淵に似ていないという印象のまま交渉ごとを進めてしまったのだ。似ていないのは印象だけで、兄に勝るとも劣らない聡明さを持っているのかもしれない。そんな予感を覚えた。

「初手からよくなかったね。小賢しすぎる。そこで僕の心証は最悪さ」

「それについては謝罪いたします。殿下は男子以外とはお会いにならないと聞いたもので」

精神を切り替え、言葉を振り絞る。

「会わなくはないけど、このように戯れることはないよ。だから君は特別なのさ」

「……特別？」

「そうだよ。君には不思議な人徳がある。なんだか構ってしまいたくなるんだ。だからついつい遊んでしまってね。それについては謝罪しよう。もう、くじで決めたりしようだなんて言わない。それでいいかい？」

「はい。もちろん、それで構いません」

「それではこうしようか。君が僕の願いを叶える。それに成功したら劉淵兄さんに協力する」

「とても単純で分かりやすい取り引きですね」

「その通り。契約ってのはごちゃついてるとよくない」

「分かりました。できることならば引き受けます」

「そうか、ありがとう」

劉決はにこりと微笑み、懐から書簡を取り出す。

「この書簡を届けて欲しい。以上」

「え……、それだけですか？」

「それだけだよ」

「受取人の方はとても遠いところに住んでおられるとか？　たとえば西戎のさらに先とか」

「まさか、中原国だよ。南都のどこかに住んでいるよ」

「それではご自身でお届けになればよろしいのでは？」

「君に届けて貰いたいんだ」

「それだけでよろしいのですか？」

「ああ、ただし、絶対に書簡の封は開けないこと。それと受取人は君が探してくれ」

「え……、そんなことは不可能です。受取人も分からない手紙を届けることなどできません」

「そこをなんとかするのが、散夢宮の小夜啼鳥(サヨナキドリ)の真骨頂だろう」

ふふっ、と微笑む。どうやら劉決は香蘭の性別どころか、宮廷での活躍まで知り尽くしているようだ。この人も皇帝陛下と同じく、凡庸を装った切れものなのかもしれない。

このような結論に至るが、なにひとつ嬉しくない。宛先も書かれていない、内容も分からない手紙を一体、どうやって届ければいいというのだ。軽く頭を抱えるが、香蘭にはこの依頼を受けるという選択肢しか残されていなかった。

香蘭はさっそく、南都に戻ると、一番頼りになる人物に相談することにした。

診療所で患者に処置をしている最中の白蓮は、

「知らん」

と素っ気なく言い放った。

想定内の反応である。白蓮は医者、医療に関係ないことは後回しにするのだ。香蘭は診療を手伝い、手隙になったところで再び問いかける。

「そんなものは知らない」

ようし、いい兆候だ。先ほどよりも語彙が増えている。なのでその夜、香蘭は陸晋と共謀し、晩酌のときに願い出てみた。上質の酒と肴(さかな)でほろ酔い気分になったところで再び相談してみると、白蓮は仕方ないなあ、といった体で協力してくれる。

「貸せ」

とぶっきらぼうに書簡を手に取り、眺め回す。

「たしかに宛先もなにも書かれていないな。内容も読み取れない」

「はい。だから困っているのです」

「透視をすれば開封せずに読むことも可能だが、そんな便利な力はない」

「あれば何人の患者を救えることか」

「ゆえに僅かな情報から誰に宛てたものか類推しなければならない」

「はい。それを白蓮殿にお願いしております」

「まったく、困ったらすぐに俺に頼りやがって」

文句を垂れるとすかさず、香蘭は上質な酒を注ぐ。途端、機嫌をよくして推理に付き合ってくれるのだから有り難い。白蓮は注意深く書簡を観察する。

「さすがは皇族が使うだけあって上質な書簡入れに入っているな」

「はい。これを封を開けずに届けろとのことです」

「なるほど、封を開けなければいいのか。ならば明日まで待て」

「一日経つとなにか情報が得られるのですか？　妙手があるんですか」

「あるよ。あっけないくらい単純な方法が」

白蓮はそのように断言するともう一杯注げ、と酒杯を押しつけてきた。香蘭は黙って酌をする。その夜、香蘭も一杯ご相伴にあずかった。

翌日、香蘭が白蓮診療所に出勤すると、師は想像よりも遥かに単純な方法で問題を解決していた。

まっさらな晴天、雲ひとつない青空に向かって書簡をかざしている師匠。太陽光にかざすことによって手紙の文字が透けて見えている。呆れるくらいに単純な方法であったが、たしかに封を開けることなく、断片的に文章が読み取れた。

「あまりにも単純すぎて思いつきませんでした」

素直に降参する。

「人間、切羽詰まると当たり前のことも思い浮かばないものだ。ある程度文字を読み取れたぞ。出だしの文字だけ分かった。読み上げるから書き取れ」

「はい」

と勢い込んで返事をすると陸晋が紙と筆を持ってきてくれた。本当に気の利く少年である。

「愛する英付(えいふ)に送る」

香蘭は喜ぶ。詳細な情報ではないが、少なくとも受取人の名前が分かった。大いなる前進だ。

「そんなに嬉しいかね」

白蓮は皮肉気味に言う。

「それだけ分かれば十分です。今までは誰に宛てたのかすらも分からなかったのですから」

「相変わらず前向きな娘だが、この南都に英付という人物が何人いると思っているんだ」

「おそらく、数十人は」

「なかなかにいい考察力だが、この南都には一〇〇万近い人々が住んでいるんだぞ」

「大路で名を叫んでも見つかることはないでしょう。しかし、劉決様の知り合いの中から探せばいい」

「至極簡単な理屈だな。まあ、頑張れ」

白蓮が協力できるのはここまでということだろう。それは承知なので香蘭はさっそく、宮廷に向かった。

†

香蘭が師と相談している頃、別荘地の館で劉決は側近と話していた。

「劉決様、あのような小娘に大事を託してもよろしいのですか」

「大事ってことはおまえはあの手紙の中身を知っているということか」

「はい。何年もあなた様のお側におりましたから」

「ならば僕の決意が変わらないことは知っているはずだ」

「はい。それも重々。しかし、あの手紙の封が開けられれば宮廷は大混乱になりますぞ」

「そうかもしれない。だからあえてあの娘に託したんだ」

「ずいぶんと買っておられるようで」

「ああ、あの劉淵兄さんが側に置いているということは有能な娘に違いない。さらに言えば仁の心も持っているはず。必ずやあの手紙を届けてくれるに違いない」

劉決はそこで一拍置く。

「……もしもあの手紙が開封されれば僕は生まれ変わる。人としての道を歩み出す。開封されなければ皇族としての本道を歩まなければならない」

そのような大事なことは自分で決めろ、神はそのように言うかもしれないが、それができれば苦労はない。今まで遊楽にふけり、皇族としての責務を放棄してきたのだ。しかし、今のような政治情勢ではそれももう許されないであろう。

「陽香蘭、宮廷医の娘。あのものならば僕の運命を定めてくれるに違いない。どちらの道に転ぼうとも僕は後悔しないよ」

南都にいる香蘭に向かって囁きかける劉決。その言葉は届かないが、気持ちだけは届いているような気がした。まだ会って数日であるが、劉決はそれほど香蘭を信頼していたのである。

†

手紙の受取人を見つけるために東奔西走する香蘭。あらゆる伝を辿ることにする。まずは一番確度が高い情報を持っていると思われる人物から当たる。つまり劉決の身内である東宮を訪ねたのだが、実の兄である彼の答えは、「私が弟の交友関係まで把握していると思うか？」だった。

彼の執務机の上にはうずたかく書類が積まれているのでとても説得力があった。ならば劉決が普段住んでいる東宮御所の管理人である岳配に聞いてはどうかと当たってみるが、似たような回答しか得られなかった。

「東宮御所はわしの管理下であるが、そこまでは知らない」

すげない言葉である。香蘭としてはしょんぼりとして英付探索を諦めなければ——などという発想が湧くはずもなく、まだまだ粘る。香蘭の長所は諦めが悪いところなのだ。こういったことは偉い人たちよりも庶民に近しいもののほうが知っている可能性が高い。

というわけで、香蘭は宮廷内の醜聞や噂話に通じている人物に白羽の矢を立てた。同僚の女官である李志温に尋ねたのだ。

「李志温殿、英付という名の人物に心当たりはないでしょうか？」

単刀直入にそう聞くと、彼女も即答してくれる。

「京劇の俳優の英付ならば知っているわ」

香蘭の直感が働いた。

「たぶん、それです！」

目を輝かせてぐいっと李志温の肩を摑む。

「ちょ、どうしたの？」

「その俳優に手紙を届けたいのです」

「激励文でも届けるの？」

「内容は不明です」

李志温は「はてな」と首をかしげるが、それは香蘭も同じであった。差出人の性格が変わっていると説明するわけにもいかないので、わたしを信じてその俳優の居場所を教えてください、と頼み込むが、さすがの李志温もどこに行けば会えるかまでは知らないようだ。彼は中原国中を回って公演しており、一カ所に留まっているわけではないようで。

「旅芸人のようなものか」

「少し違うわ。ちゃんとした劇場で公演しているもの」

「なるほど、ならばどこかの劇場にいるということか」

「そうそう。だから南都の劇場に行って今、どこで公演しているか聞けばいいじゃない」

「至極単純です」

李志温に礼を言うとそのまま劇場に向かう。劇場は南都の商業地域にあり、立派な建物であった。そこの看板役者が英付らしい。はたして劉決の手紙は彼に宛てたものなのだろうか。確証はない。英付という名前の人物はこの南都にいくらでもいるからだ。ただ、劉決と関わりのある英付という人物は限られていた。李志温いわく、劉決は英付の所属する京劇集団が大好きで、何度も公演に通っているらしい。その中でも大のお気に入りが英付とのこと。ゆえに劉決の手紙の宛名はその〝英付〟と考えていいだろう。そのような推察のもと、南都の劇場を訪ねるが、なんとその英付がそこで公演を行っているとのことだった。劇場の前は若い男女であふれかえっている。

探す手間が省けた――、と思ったのもつかの間、逆に困ることになる。

劇場に入ろうにも入れないのだ。劇場のものに事情を説明しても、聞き耳を一切持ってくれない。裏から忍び込もうにも関係者以外は追い払われて近づくこともできない。

なんでも英付はこの京劇の〝女形〟の人気者で、彼には鉄壁の警備がなされているようだ。贔屓の客が勝手に入り込めないようになっている。

香蘭は仕方なく、通常の方法で入場券を買おうと試みたが、大人気ですべて売り切れであった。万事休す——しょんぼりと肩を落としていると、そこに偶然、友人が現れる。

「あら、香蘭じゃない」

そのように気さくに声を掛けてくれたのは香蘭の勉強仲間、材木商の娘董白であった。

「ああ、董白、久しぶりです。それにしてもこんなところで会うなんて」

「南都は広いようで狭いわね」

鈴を転がしたかのように笑う色白の娘。この娘は前回の医道科挙で知り合った娘だ。共に難関の国家試験に挑んだ間柄で、そのとき以来、友人関係を結んでいた。来年こそ絶対合格するぞ、と共に医道科挙の対策問題に取り組んだりしているのだ。さて、そのような娘がなぜ、ここに——。

「なぜ、ってここは京劇の演舞場なのだから、京劇を観にきたに決まっているでしょう」

冷静に考えればそれ以外にない。

「董白は京劇が好きだったのですね」

「普段から好きでよく観ているから、今日も父の得意先から入場券をお裾分けして貰ったの。今日でこの演目は七度目ね」

「それはつまり場合によってはその入場券を譲ってくれる、ということでよろしいか！」

喰いぎみに迫ったので菫白は怯（おび）えた顔になるが、こくんこくんと頷いてくれる。

「べ、別に構わないけれど、なにがあったの？　今日の香蘭、少し変よ」

「詳しくは話せないのですが、この国を救うためにどうしても劇場に入らなければいけないのです」

「国事なのね」

香蘭もこくんと、頷く。

名前通りの色白の娘は、

「ならばわたしも手伝うわ。友達が困っている上に国難にも関わるのだもの。入場券くらい譲ってあげる」

と香蘭の前に二枚の券を差し出す。

「というか、そもそもお得意さんから貰った券は二枚で持て余していたの。ひとりで観るのも寂しかったのよね」

ちょうどよかった、と柔和に微笑む。天からの贈り物のように感じ、香蘭は神に感謝を捧（ささ）げながら京劇が催される劇場に入った。

劇場は二〇〇人ほどが入れる見世物小屋のようになっている。劇場自体は半円形の形をしており、男女でごった返している。やはり大人気の京劇集団のようで、周囲の客は、

「やっと手に入った」

「周囲に自慢できる」

「冥土の土産になる」

と高揚していた。

そんなに大人気なのか。きょろきょろと辺りを見回す。慣れない場所に来て落ち着かない香蘭を見て、董白はくすくすと笑う。

「香蘭は堅物であまり劇を観ないものね。劇は楽しいものよ。一度観れば価値観が変わるわ」

「何度か観たことはあります。ですが、二時間掛けてちまちまと演じられるお芝居を観るよりは、原作小説を読んだほうが早いし、情報量も多い」

「香蘭らしい意見だけど、〝一流〟の京劇集団は、〝原作〟を超えるの」

そのように言い放つと、董白は自分が演じるかのように、「さあ」と合図をし、物語の世界に香蘭を誘(いざな)った。

それと同時に京劇が始まる。

勇壮な太鼓と魅惑的な鼓弓（こきゅう）の音、相反するふたつの旋律が重なると舞台の上に照明がともる。その瞬間、時間が止まり、観客の視線は舞台中央に現れた美姫に注がれる。

天女のように美しい女性であった。異性が望むあらゆる美を備えた女性、同性の香蘭でさえ見惚れてしまう女性。妄想と幻想の境界線上にいるような美姫であった。

香蘭は心臓を熱した手で鷲づかみにされたかのような感覚を味わう。

これは大人気にもなるわけだ。そのような感想が漏れ出るが、董白が舞台から視線を動かさずに言った。

「あの美姫があなたが探し求めている英付よ」

（あの方が……劉決様が恋い焦がれる〝男性〟）

男性と強調したのは、いまだ舞台の上の美姫が男性であると信じられないからだ。女装とはとても思えなかった。

「同性でも見惚れてしまう。ううん、嫉妬してしまうわよね。もしも来世があるのならばあのような顔立ちに生まれたい」

同感である。

「これは劉決様が恋い焦がれる気持ちも分かるかも」

「そうよね……って、劉決様ってもしかしてこの国の皇族の!?」

「はい、そうです」

「ああ、噂では聞いていたけど異性に興味がないって本当だったのね」

「そのようですね」

「それで香蘭が手紙を届けに来たのね」

「そうなります。おそらく、この手紙を渡せば劉決様は満足されると思います」

「ならばわたしが伝を使って届けてあげましょうか？」

「それは有り難いのですが」

舞台の上の英付を注意深く観察する。雲水のように軽やかに、飛燕（ひえん）のように鋭く舞う美姫英付、彼の所作から滲（にじ）み出（で）るのは慈愛と友愛の心だった。香蘭は董白の申し出を断る。

「いいえ、この書簡はわたしが届けなければ意味がありません」

「どうして？」

「この書簡は劉決様の真心が籠もった恋文です。人伝のそのまた人伝で渡すのは不義理だ」

「………」

「あの英付という役者の舞からは誠実さが伝わってきます。ならばこちらも誠実に渡さないと」

　香蘭は意を決すると、劇が終わるのを待った。満場喝采の拍手が静まり、客たちが退出したあとも席に残り続けた。そこで延々と英付を待ったのである。それは迷惑行為であり、清掃夫やもぎりなどに追い出されそうになるが、それでも席を立たなかった。

「英付殿に真心を届けに来た」

　その一点張りで待ち続けたのだ。清掃夫たちは呆れかえり、香蘭を抱えて叩き出そうとしたが、それを制するものが現れた。英付その人である。

「その娘は叩き出すにおよばない」

　清掃夫やもぎりたちは「英付さん、よろしいんで？」と尋ねた。

「構わないよ」

「しかし、贔屓の客の相手をしていたら時間がいくらあっても足りないですぜ」

「この娘はわたしの贔屓ではない」

「へ？　そうなんですか？」

「ああ、わたしが演じているときもわたしの目を真っ直ぐに見ていた。わたしがどのような人間か見定めようとしていた」

「演じている最中に客ひとりひとりの目を見ていたんですか」

「ああ、そうしなければ最高の劇を披露できないからね」

　清掃夫たちは呆れかえるが、南都でも一番の女形は常人では計り知れない感性を持っているのだろう、と納得し、香蘭を舞台裏に連れて行ってくれた。

香蘭は深く感謝すると、そのまま彼とふたりきりになる。間近で南都一の女形を見つめるが、近くで見ても別格の美人であった。化粧や白粉(おしろい)で誤魔化しているわけではなく、自然体で美しいのだ。思わず吐息が漏れると、英付は笑いながら言った。

「わたしを見ると君のような反応をするものは多い。わたしが女以上に女であると」

「差し支えなければ、後学のためにどうやったらあなたのように美しくなれるか聞きたい」

「それはわたしが〝男〟だからではないだろうか」

「男だからですか」

「そう。わたしは男。だから男が理想とする女を知っている。わたしはそれに近づけるように日々努力している。だから人々はわたしを女よりも女らしいと賞賛するのだろう」

「言い得て妙です。だから劉決様も虜(とりこ)になるのですね」

「なるほど、あなたは劉決様の遣いか」

「はい、そうです」

「そのような気がしていた。しかし、わたしはその書簡を受け取れない」

「なぜです」

「その書簡はわたしへの愛を綴った恋文だろう」

「中は見ていないので分かりませんが、おそらくは」

「ならば受け取れない」

「どうしてですか？」

「それもわたしが〝男〟だから」

「……」

「たしかに劉決様はわたしを愛してくださっている」

「あなたは？」

「わたしもだ。互いに情愛の感情を持っている」

「ならばこの手紙を受け取ってください」

「それはできない。なぜならばその手紙はわたしへの恋文であると同時に、皇室を離脱する宣言書でもあるからだ」

「なっ⁉」

声を失ってしまう。驚愕の事実だったからだ。思わず書簡の文面を確認したくなったが、慌てて自重する。そのようなことをすれば劉決の信頼を失う。

「あなたが驚くのも無理はない。手紙を読んでもいないのに、と訝しがる理由も分かる」

ただ、と彼は続ける。

「読むまでもなく、その手紙は皇室離脱宣言書だ。それを開封したら、劉決様は皇室を離脱されるだろう」

英付の真剣な表情、それと彼の人柄を信じるしかない。香蘭はなぜ劉決がそのような書簡を書いたのか尋ねる。

「繰り返しになるが、それはわたしが男だからだ。劉決様はわたしと生涯を添い遂げるために皇室を離脱するおつもりだ」

「皇室は男性を伴侶とするものを許さない、ということでしょうか」

「端的かつ的を射た答えだ」

「同性愛に対する偏見――でしょうか」

「偏見ではないな。むしろ、やんごとなきお方は同性愛に寛容だ。男妾を囲っている皇族など珍しくはない。今も過去も」

「ならばどうして？」

「遊びならば誰も咎めはしない。しかし、本気だと困る輩がいる」

「困る輩？」

「将来、劉決様を担いで至尊の座、つまり皇帝にしようとしている取り巻きどもだ。遊びならば彼らはなにも言わない。しかし、本気でわたしだけを愛されると彼らは困る」

「あなたが政治に口を挟むと困る、とか？」

「それもあるだろう。もちろん、そんなつもりは毛頭ない。それよりも将来の皇帝が最初から子供を生すつもりがないと分かれば皇位継承権も自然と消えよう。皇帝の主な仕事は子孫を残すことなのだから」

「……たしかに」

皇帝の仕事は国政ではない。無論、国政を第一に考える皇帝もいるが、政治などは家臣がやることである、という皇帝のほうが主流派だ。家臣も家臣で、政治に疎い皇帝が口を出してくるくらいならば後宮で女遊びでもしてくれるほうが有り難い、と思っているものも多い。

ただ、家臣たちにもひとつだけ注文があるとすれば、ちゃんと後継者を残して欲しい、ということであった。古来、多くの国が後継者選びに失敗して滅んだ。もしも劉決が最初から後継者を残せないと知れば群臣たちは彼の即位を拒むことは明白であった。

「つまり、英付さんは劉決様の未来を慮って（おもんばか）この手紙を受け取れない、ということなんですね」

「……そうだ。済まない」

「つまりわたしは劉決様との約束を果たせない、ということか」

それ自体、口惜しく（くや）はない。ただ、それよりもふたりの今後の関係が気になった。話して分かったが、英付は劉決を愛しているようであった。劉決もまた英付を愛しているようであった。互いに愛し合っているのに、愛を語ることさえままならないとは、やる瀬なさしか残らなかった。香蘭の胸は締め付けられる。

「……英付さん、あなたはもう二度と劉決様と会わないつもりですか？」

「そうだな。少なくともしばらくは会えない。これ以上、劉決様を思い悩ませたくない。皇室を抜けて欲しくない」

「しかし、この書簡は恋文です。皇室を抜けてでもあなたと愛を誓い合いたがっている。それをむげにはできません。この書簡はわたしが劉決様に返却します。ですが、最後にもう一度だけ、劉決様に会っていただけませんか？」

「……考えておこう」

英付はそう言い残すと、その場を立ち去っていった。香蘭は彼の後ろ姿を見送ることしかできなかった。

劉決がいる別荘地に戻り、彼に書簡を返却する。それを見た彼は、

「それがおまえと英付の答えか」

と切なげに漏らした。

「御意にございます」

「僕はもう彼に会えないのかな」

「それは分かりませんが、わたしがあなた様のご命令を達成できなかったのはたしかです。首を刎ねられても文句は言えません」

「なにを言っている。君は僕の恋文をちゃんと届けてくれた。僕の心は相手に伝わったのだから。それに最後まで手紙を読まなかったのは立派だ」

そのように言うと、劉決は書簡を暖炉の中に投げ入れた。

「皇室になどいたくない。政治にも関わり合いたくない。今もその気持ちは変わらないが、英付がそのように言うのならばそれが天命なのだろう」

劉決は一筋の涙とともにそう漏らすと、今回の一件では東宮側に立ってくれることを約束してくれた。

香蘭は拱手礼（きょうしゅれい）で劉決の気持ちに報いる。

気付けば香蘭ももらい涙をしていた。皇族という地位の融通の利かなさは同情せざるを得ない。なにもかも捨ててただのひとりの人間として生きることも許されない不自由さは呪縛のようにも思えた。どんなにいい暮らしができても、愛する人と添い遂げることができないのでは庶民にも劣るではないか。そのような哀惜の念を覚えた。

こうして香蘭は政治的根回しに成功したが、劉決と英付の関係は途絶えることはなかった。ふたりは生涯、寄り添うことはできなかったが、時折、ふたりで大切な時間を共有し、夫婦のようにむつみ合った。僅かな時間であったが、ふたりにとって、その時間は黄金の砂時計よりも貴重であった。

ふたりにはこんな逸話がある。

ある日、劉決が英付の家を訪れた。そのとき、英付は寝ていた。英付の使用人は劉決が来たことを主人に知らせようとしたが、劉決はそれを制した。気持ちよく昼寝をしている愛しい人を起こしたくなかったのだ。ただ側に寄り添って寝顔だけ見つめると、劉決は満足げに帰って行ったという。

†

こうして劉決を味方につけた香蘭。さっそく東宮に報告すると彼は賞賛を送ってくれた。

「さすがは宮廷の小夜啼鳥だ」

と香蘭をからかうが、香蘭の本来の目的は北胡の捕虜を治療することである。ここからは白蓮に出張って貰わなければならない。

「おまえでは手術は無理なのか？」

東宮は素朴な疑問を口にするが、当然、無理、と答える。

「盲腸くらいならば慣れてきましたが、癌を除去するのは不可能です。少なくともわたしには」

「ならば白蓮に任せるしかないが、やつは今、どうしている？」

「診療所で民を治療しています」

「ならば民には申し訳ないが、やつを呼んできてくれ」

「もちろんです」

と即答するが、診療所に向かうと、そこには信じられない光景が広がっていた。診療所の中が泥棒でも入ったかのように荒らされていたのだ。白蓮は滅茶苦茶になった室内で仏滅のような顔をしていた。

「どうしたのです？」

と尋ねると、師は、

「どうもこうもあるか。劉盃の一派がやってきて荒らしていったのだよ」

「なぜ、そのような無道を」

「この診療所は国の許可なく運営されているから調査が必要なのだそうな」

「な、そんな言いがかりで──」

言葉尻が小声になったのは〝言いがかりではない〟と気が付いたからだ。白蓮診療所はたしかに国に届けていない無認可診療所であった。過去、それに因縁をつけ役人がやってきたことがある。賄賂を要求してきたのだ。そのとき撥ね除けて以来、邪魔をする役人などやってこなかったのだが。

「抜かったな。東宮に頼んで正式に許可を貰えばよかった」

「今からでも遅くないので貰いましょう」

「ほう。特権を嫌うおまえがねえ」

「もうこんな嫌がらせなどされたくありませんから」

「同感だ。さっそく診療所を開く免状を貰おうか」

ただその前に、と付け加える。

「先ほど役人が来て陸晋をさらっていった。事情を聞くという名目であるが、まあ、実質的には拉致監禁だな」

「なんと……！」

本日一番の驚きだ。

「俺がタガイの一件から手を引かない限り陸晋を軟禁し続ける気だろう。まったく、小狡いことを考える」

劉盃一派の謀略であろう。いわゆる別件逮捕というやつだ。宮廷医の娘である香蘭はもちろん、民草に人気があり、東宮の友人である白蓮は拘束できないと踏んだが、小間使いの陸晋ならば可能と判断したのだろう。そして白蓮も香蘭も陸晋の安否をなによりも気にすると知った上で連行したに違いない。

「どうしましょうか？」

「さすがに陸晋を殺しはしないだろうが、拷問でもされたら寝覚めが悪い」

「陸晋を救い出してからタガイを手術するのですね」

「いや、陸晋を救い出しつつ、手術をする。タガイは死にかけている男だ。時間が惜しい」

「陸晋の命を天秤に掛けるのですか？」

「ああ、掛けるね。仮におまえがさらわれたとしても一緒だ」

白蓮は酷薄に言い放つ。ただ香蘭の視線が冷たいことには気が付いているようだ。

「選別医療だよ。ことの重さを量っている。陸晋は殺されはしないだろう。ならば死にかけているタガイが先決だ」

「……分かりました。それでは二手に分かれて行動する、ということでよろしいですか」

「そうだ。おまえは劉盃から陸晋を取り返してくれ。その間、俺はタガイの治療をしている。助手がいないから果てしなく面倒だが」

「ですが神医の辞書に不可能という言葉はないのでしょう?」

「今回に限ってはそうあってほしいが」

そのように述べると、白蓮はタガイが軟禁されている館へ、香蘭はそのまま陸晋が拘束されている場所に急いだ。

白蓮は北胡の皇族であるタガイが軟禁されている館へ到着すると、そこでタガイと面会し、治療を施せる旨を説明した。彼は他人事のような返事をすると、

「さっさと俺の腹を切り捌いて腹黒いか確認してくれ」

と言い放った。

「豪胆な男だ。肝と心臓がさぞ大きそうだが、難手術になるぞ。死ぬかもしれない」

「今まで何度死にかけたことか」

「戦場では死と二四時間同衾するようなものだからな」

「言い得て妙だ。女房と子供よりも死のほうが身近だ。ところで白蓮とやら。おまえは自分の存在に疑問を持ったことはあるか?」

「いつも持っているよ」

「だよな。おまえさんは哲学的な顔をしている」

「そういうおまえもな。そもそも今もおめおめと生きていることが信じられない」

「医者らしからぬ言葉だな」

「今のは〝元〟軍師としての言葉だ。北胡の将軍は誇り高い。虜囚の辱めを受けるくらいならば舌を噛んで死ぬ、という輩ばっかりだった」

事実、軍師時代、捕虜にした将官が自決する様を何度も見てきた。中原国の将官が泣いて命乞いをするのとは対照的である。

「ああ、たしかに俺は恥知らずにも生きている。しかし、俺には確認しなければならないことがあるのだ」

「それは手術が成功しなければできないのか？」

「そうだな。健康的な身体を手に入れなければできない」

「それを確認すれば死んでもいい、と」

「有り体に言えばそうだな」

「それはここでもできるのか？　この狭苦しい館の中でも」

「それは分からない。ここでもできるかもしれないし、もっと立派な晴れ舞台が必要かもしれない」

「禅問答のようだな」

白蓮は皮肉気味に笑った。

「そうだな。もはや自己満足の世界だ」

「それではその自己満足に付き合ってやるか」

「有り難い」

「目を瞑れ」

「目を瞑ると万の軍隊と千の矢が見える。人生の最期はそんな光景を見ながら死にたいものだ」

そう言うとタガイは白蓮に身を委ねてくれた。今回、助手はいないので東宮御所から何人か信頼できる医師を借り受けた。彼らに麻酔の指示などを飛ばす。白蓮の神業のような手技について行けるのは弟子である香蘭だけであったので、彼らの手つきは覚束ないが、いないよりはいたほうがましであった。

彼らに手術の手順を説明しながら、その準備をさせる。道具の用意などで数日は掛かるだろう。その間、できるだけのことはしておきたかった。

同時刻、香蘭は捕らえられた陸晋を探しに行く。近くの役所に向かうと、そこで面会をした。無論、格子越しであるが。彼は僕の心配は無用です、と言い張る。

「そんなことあるものか。わたしはなんとしてでも陸晋を救う」

「無駄でしょう。無許可で医療に携わっていた、という大義名分が向こうにあるし」

「無許可の闇医者ならば貧民街にいくらでもいるというのに」

「劉丕様と敵対する闇医者はうちだけです」

「今さらながらに白蓮殿が宮廷と距離を置きたがる理由が分かったよ」

そのように吐息を漏らすが、陸晋を救いたい気持ちは変わらない。

「しかし、劉丕様が僕を易々と釈放するとはとても思えません」

「わたしもそう思う」

そもそも面会が許可されたこと自体、異例だと思っていた。最初、香蘭を誘き寄せてそのまま捕縛するための罠かとも思ったが、それもないようである。

「たぶん純粋に白蓮診療所に対する嫌がらせなのかと」

陸晋が劉丕の魂胆をそう推察するが、間違ってはいないだろう。

「今、役人と話してきたけど釈放の予定はないそうだ。劉丕様が釈放を指示されない限り陸晋はここから動けない」

「事実上の無期禁錮ですね」

陸晋は「ははっ」と笑う。この少年はどのような状況におかれても悲観することはない。白蓮診療所に勤めるものの習性かもしれない。

「もちろん、そんな目に遭わせるつもりは毛頭ない。脱獄を図るか」

「脱獄ですか!?」

さすがの陸晋も驚いているようだ。幸いとここはタガイが捕らえられているような堅

牢な牢獄ではない。深夜、手引きをすればなんとか逃げ出せるのではないか、と香蘭が考えていると、

「そのような物騒なことをすることはない」

と言ってくるものがいた。

香蘭たちの会話を盗み聞きしていたものがいるらしい。それは香蘭の見知った人物であった。

そのものは老人であり、劉盃の関係者でもあった。

「夏侯門殿」

その名前を口にすると、

「久しいな、香蘭」

と彼は笑った。

夏侯門は白蓮診療所にほど近い場所で無償医療を施している医者である。武芸の達人でもあり、さらに付け加えれば件の劉盃の御典医をしていた。

つまり彼は敵――、ではない。彼は主劉盃とはまったく正反対の人格者で、他人を貶めたり、友人を売ったりするようなことは決してしない。劉盃に仕えているのも貧民街で無償医療を施すための資金稼ぎの一環でしかないのだ。香蘭は彼の人格を誰よりも高く評価していたので、柔和な表情で話しかける。

「さすがは武術の達人です。看守が聞き耳を立てていないか、細心の注意を払っていたのですが」

「芸は身の肥やしだな。昔、剣術をかじっておいてよかった」

「夏侯門殿がここに来てくださったということは、その腕前を生かして脱獄に協力してくださるということでよろしいですか？」

「さっきも言ったが、そのような強行手段は勧められない。おまえまでお尋ねものになるぞ」

「しかし、陸晋をどうしても救ってやりたいのです」

「その気持ちは重々分かるがな。ただ、脱獄は悪手だ」

「では、このまま経緯を見守れと？」

「それもひとつの選択肢だが、それよりもここは一度、劉盃様と会ってみたらどうか？」

「劉盃様と⁉」

思いも寄らない提案に香蘭は驚く。

「そうだ。劉盃様はおまえに興味があるようだ」

「わたしに、ですか？」

自分の鼻の頭を指さす。

「そうだ。宮廷の騒動には必ずおまえの影がある。宮廷の小夜啼鳥であるおまえに興味を覚えているようだ。今回の朝議でも劉決様を味方につけたのはおまえだろう」

「そういうことになっております」

「ここ最近、東宮様に煮え湯を飲まされてきた劉盃様は、その裏にすべておまえがいることに気が付かれた。つまりようやくおまえの価値に気が付いたということだな」

「わたしを引き抜きたいということでしょうか」

「そうなるな」

「ならば無駄です。わたしの主は東宮様。わたしの師匠は白蓮殿です。これは永遠に不変です」

「そうだな。それは知っている。しかし、ここは一度会うしかなかろう。一度、敵と会ってその人となりを知るのも定石だ」

「……そうですね」

香蘭は一瞬、逡巡するが、結局、それしか方法がないことに気が付く。脱獄は短絡的な考えである。もしも脱獄をすれば香蘭と陸晋は南都にいられなくなる。そうなれば家族を悲しませるし、白蓮診療所に入院している患者にも迷惑を掛けることになる。それは香蘭の望むところではなかった。ここは夏侯門の助言に従い、一度、劉盃に会っておくべきだろう。そう思った香蘭は夏侯門と一緒に東宮御所へと向かった。

東宮御所の中、東宮が住まう館から一番離れたところに劉丕の館があった。劉丕は過去、香蘭と何度か会っているが、顔は覚えていなかった。劉丕は香蘭のことを取るに足りない女官だと思っていたからだ。しかし、昨今、その認識は変わりつつあった。

過去、何度か兄と対峙（たいじ）したが、その都度、劉丕は苦汁を飲まされた。最初は兄とその知恵袋である岳配のせいであると錯覚していたが、その裏に白蓮という医師とその弟子がいることにようやく気が付いたのだ。

白蓮という医師にして元軍師、その冷徹怜悧な頭脳を持つ男の助言と、それを実行する香蘭という女官が兄の最大の武器であると悟った劉丕は、彼らの離間を企てた。あるいはふたりの暗殺を謀ってもよかったが、家臣のひとりが「この際、味方に引き入れましょう」と提案してきたのだ。白蓮という医師は頑固者で絶対首を縦に振らないであろうが、その弟子は場合によってはこちらに味方する、と踏んだのだ。それは大きな間違いなのだが、劉丕はそのことをまだ知らない。診療所のものを捕らえ、人質にして脅迫と懐柔をし、金と権力をちらつかせればこちらの味方になると劉丕は思っていた。

「さあて、香蘭という娘はどう出るかな」

劉丕は酒杯に注がれた酒を飲み干すと、香蘭がやってくるのを待った。

香蘭は夏侯門に伴われ、劉丕に拝謁すると、何人にも因縁をつけられないよう形式に則り挨拶をした。劉丕はそれを見て満足げに微笑み、早速、自分に仕えるように言った。

「香蘭とやら。東宮の典医を辞任し、俺に仕えろ。望むがままの報酬を与える」

その誘いに対し、香蘭は即答する。

「はい」

その返事に一番驚いたのは劉丕ではなく、夏侯門であった。謹厳実直な男が動揺している。彼は小声でささやく。

「いいのか、香蘭、そのように安易に決めてしまって」

「安易ではありません。よくよく考えてのことです。陸晋を救うにはこれしかありませんから」

「しかし、おまえの気持ちは納得いかないだろう」

「はい。わたしは東宮派ですから。しかし、一時的に鞍替えするのも悪くない」

「……なるほど、そういうことか」

夏侯門は納得する。香蘭が面従腹背で劉丕に仕えると決めたと察したからだ。実際、この状況を収めるにはこれしか方法がなかった。

夏侯門は以後、差し出口を挟まなかった。

そのようなやりとりが行われているとはつゆ知らず、劉丕は上機嫌に、

「おまえは医道科挙に合格していないがなかなかの腕前だと聞いている。しかし、俺には夏侯門がいるから医療で力になって貰うことは少ないだろう。そうだな、しばらくの間、俺の側で小間使いをするといい」

と言った。

「……仰せのままに」

このように香蘭は〝擬態〟として劉丕に仕えることになる。

劉丕の館に出仕した香蘭が最初に命令されたのは女官服に着替えることであった。劉丕の女官であると一目で分かるようにするための処置である。その上で色々な場所に連れ回された。

東宮御所を散歩したり、宴会に同席させられたり、蹴鞠にまで付き合わされる。これは香蘭を気に入ったからというよりも、香蘭が軍門に降ったことを東宮派に見せつけるためであろう。一言で言えば見せびらかしであった。

（……幼稚な人だなあ）

というのが香蘭の感想であったし、衆目の一致するところであったが、本人は気にしていないようだ。ただただ、上機嫌である。

一方、東宮側の反応は無風であった。東宮と岳配は香蘭の擬態を一瞬で看破しており、また事情も知っているようだ。折を見て戻ってくると知っているのでなにも言わなかった。ただ、廊下ですれ違った際、

「おまえには苦労ばかり掛けるな」

と同情してくれた。

その通りなので苦笑を漏らすしかないが、香蘭はこの際だからさらなる苦労を背負い込むことにする。劉盃の機嫌がいいうちに話をしておこうと思ったのだ。

「殿下、今、わたしのかつての師匠がタガイ殿を治療しておりますが、それを阻止するおつもりでしょうか？」

そのように尋ねると劉盃はつまらなそうに言った。

「そんなことはどうでもいい。俺は兄を困らせたいだけだ。もしもタガイが北胡との交渉が纏まる前に死ねば兄の責任だし、生き延びて交渉の材料となれば、タガイを捕まえた俺の功績がより引き立つ。だからどちらでもいいのだ」

なるほど、やはり劉盃に国を憂える気持ちは微塵もないようである。

「そうでございました。いや、その深慮遠謀、さすがとしか言いようがございません」

軽く持ち上げると、香蘭は提案をしてみる。

「それではタガイ殿に生き延びて貰ったほうが殿下にとってよりよい結果になるので

は」

「それはあるが、まあ、兄が困ればどうでもいい」

「……」

開いた口が塞がらないが、辛抱強く話を続ける。

「殿下は東宮様がお嫌いなのですね」

「まあな」

「どこがお嫌いなのでしょうか」

「すべてだ」

即答である。

「すべてとおっしゃると？」

「俺よりも先に生まれたこと、東宮の位を持っていること、あのいけ好かない性格、顔や目鼻立ちも大嫌いだ」

「なるほど」

「やつの通った道にすら吐き気を催す。だから俺はやつが通った道は清掃させてからでないと歩かないようにしている」

「……」

幼稚だなあ、という感想は漏らさないでおこう。しかし、これで劉盃という人物がはっきりと理解できた。当初の予想通り劉盃は損得で動くのではなく、感情で動く人間のようだ。次男に生まれてしまったがゆえに東宮になれなかったやっかみがあるのだろう。そのように推察した。いや、確信した。

香蘭が精神科医であれば彼の心の歪(ゆが)みを治してやれるのだろうか。そのような気持ちになった。鞍替えをし、情が湧いたわけではない。ただ行動を共にするようになって劉盃の違った一面も見えてきたのだ。

兄や敵対する一派の前では居丈高で性格の悪さを見せつける劉盃であるが、自分の寵姫や女官たちには存外、優しかった。例えば劉盃の前で粗相をした女官がいても劉盃は咎めることはなく、「気にするな」と優しい言葉さえ掛けることがある。怒りにまかせてその女官を馘にすることはなかったのだ。そのものが田舎から出てきて実家に仕送りをしていることを知っていたのだ。あるいは一番、お気に入りの寵姫の前になると彼は子供に戻ったかのように甘える。膝枕をせい、と彼女の膝に頭を載せ、無邪気に喜んだ。

要はこの人の中では「敵」と「味方」という概念しかないのだろう。味方に対する姿を見せつけられると、陰険で性悪な面が緩和されるのだから不思議だ。

香蘭がそのようにして劉盃を押さえつけている間、白蓮は着々と手術の準備を進めていた。腹を切り開き、癌細胞を取り除くのは長時間の手術になるからだ。手術までにどこに癌細胞があるのか、どのように取り除くのか、宮廷医たちと綿密に打ち合わせをしなければならない。

　また長丁場になるということは長時間、麻酔が効くようにしなければいけないということなので、麻酔薬の材料となる薬草などを十分に確保しておかねばならなかった。この薬草集めの作業が存外、時間が掛かる。いつもは香蘭と陸晋が手配してくれたが、慣れぬ宮廷医たちではどうしても時間が掛かった。時間が無為に過ぎていくが、その間、なにもしないわけではなく、患者本人のもとへ通っては容態を見ていた。

　その日もタガイは腹筋をしていた。身体がなまってはいけない、と口癖のように言う。一見、それだけ見れば元気に見えるが、生命力を振り絞っているようにしか思えない。医者としては止めたいところだが、このものの頑固さはすでに知り尽くしていた。

「今日も元気だな。半死半生の病人には見えない」

「病人として死ぬつもりはないからな。最期まで俺は武人でありたい」

「結構なことだが、体力は残しておけよ。おまえさんの手術があるのだから」

「何日後に行うつもりだ？」

「数日後かな」

「それは有り難い」

「事前準備は整いつつあるが、手術が成功するかは分からない」

「弱気だな。神医ではないのか」

「それだけ難しい手術ってことだ。しかも今回は優秀な弟子たちがいない」

「最初に来た娘か」

「ああ、医師としてはまだまだ未熟だが、助手としてはピカイチだ」

本人の前では褒めず、けなしてばかりの白蓮であるが、弟子の実力を誰よりも買っているのは白蓮自身であった。

「それではその娘が来てくれればいいが」

「今は別々に行動している。風の噂では劉盃の丁稚に鞍替えをしたらしい」

「東宮の弟だな」

「そうだ」

「おまえには兄弟がいるか？」

「血縁上の兄弟ならばふたりほどいる」

「仲はいいか？」

「別段よくはないが、憎しみ合うほどではない」

「それは羨ましいな。俺は皇族に生まれた。その瞬間から兄弟で憎しみ合うように宿命づけられている。どこの皇族も似たようなものだ」

「そのようだな」

中原国でも北胡でも他の国でも変わりはない。皇族に生まれれば皇位継承が絡む。至尊の位の座はひとつなのだから、それを巡って争うのは必然であった。庶民から見れば馬鹿げた話であるが、至尊の位に即けばこの世のあらゆる富貴を享受し、思うがままに生きられるのだから、血眼になるというものである。

皇帝になどならなくても皇族として安寧な暮らしができるだろうに。

庶民はそのように考えがちだが、それは間違っている。皇帝になり損ねたものの末路は悲惨だ。大抵、暗殺されるか、僻地(へきち)に飛ばされる。新皇帝にとって自分の兄弟などはなにを口実に自分の皇位を奪うか分からない不穏分子でしかないのだ。無論、中には仲が良く、即位後も協力し合う兄弟もいたし、争いに発展しない場合もあるが。

「こと中原国と北胡に関してはそのほかの王朝と同じで仲が悪い」

それが白蓮とタガイの結論であった。

「まあ、兄弟が仲睦(なかむつ)まじくしなければいけないという法はないが」

「ああ、血が水よりも濃いなどとは大嘘だ」

ふたりは意気投合するが、タガイはなにを言いたいのだろうか、白蓮には分からない。

「おまえが生きたい理由は兄弟に関係があるのか？」

「少しある」

「情報を売られておまえは捕まったと聞いた。その意趣返しがしたいのか」

「まさか。そんな気持ちなどとうに冷めたよ。ただ、弟を含め、色々な人たちに知らしめたいのだ」

「なにをだ？」

「自分が生きてきた証を。自分が自分である証を、かな」

哲学的な答えで纏めるとタガイは会話を切り上げた。今はこれ以上、話す気はないようだ。いつか話したくなることもあろうが、そのとき、タガイはそれだけの体力が残っているだろうか？　それは白蓮の腕前と香蘭の復帰に掛かっているような気がした。

†

劉盃の女官となってから数日、香蘭の生活は思いのほか快適であった。やらされていることは下女と同じであるが、香蘭の身分は準貴妃相当であった。食膳の上げ下げから洗濯までしてくれる専用の侍女まで付いている。これは東宮とは違って厚遇するぞ、ということだろうが、お姫様待遇は悪い気がしない。もっともそんなことで懐柔されたりはしないが。むしろ懐柔したいのはこちらのほうであった。先ほど東宮の女官から密書を貰った。それは白蓮からのもので短い文であった。たった一言、
【くだらないことにかまけていないで、手術を手伝え】

と書かれていた。

無茶なことを言ってくれる、と思う。今現在、香蘭は劉盃の準貴妃待遇であった。簡単に抜け出すことはできない。逃げ出せば陸晋がどんな目に遭わされるか分からない。

無論、いつまでもこの立場に甘んじているつもりはないが、なんとか陸晋を助けてから行動に移したかった。ただ、白蓮の言いたいことも重々分かる。難しい手術なので香蘭の助手としての力が必要なこと、任務を手早く済ませろという圧も感じた。行間を読み取った香蘭は行動に出る。

劉盃に声を掛けた。

「殿下、恐れながら提案がございます」

「なんだ」

「タガイ殿の件なのですが、やはり治療をされたほうがよろしいかと」

「なんだと」

一気に不機嫌になる。

「はい」

「やつは今、東宮の典医が治療していると聞く。おまえの師匠だ。おまえは寝返ると言うのか」

「まさか。わたしはもはや劉盃様のものでございますから。だからこそ治療に参加したいのです」

「どういう意味だ」

「このまま我が師だけで手術を成功させてしまったら、それは東宮様の功績になってしまいます。しかし、ここでわたしと夏侯門殿が治療に参加すれば、その功績を劉盃様が得ることができます」

その言葉を聞いた劉盃は「ふうむ」と唸る。打算家で強欲な面が刺激されたようだ。

「たしかにそれはいいかもしれない。ここでおまえと夏侯門が参加すれば功績を横取りできるというわけか」

「御意」

「よかろう。ならばふたりを派遣しよう」

善は急げ、とばかりに夏侯門を呼び出すとそのまま幽閉場所に行くように指示される。その命令を夏侯門は粛々と受け入れたが、香蘭とふたりきりになると大層驚いてみせた。

「おまえは本当に人垂らしだな。誰でも手なずけてしまう」

「劉盃様は他人を手のひらの上で転ばさなければ気が済まないお方のようです。柔よく剛を制すの精神でいけばいいのです」

「手のひらの上で転がされた振りをして、実質、転がされているのは向こうというわけか」

「そういうことですね。しかし、今回の件で劉丕様の人となりがよく分かりました」

「手が付けられない暴君と見たか？」

「暴君は暴君ですが、その精神は子供のようでした。誰か精神的に支えてあげる人が周りにいないと」

「なるほど、わしがそのような存在になれればいいが、無理だった。劉丕様の精神的な幼さは直すことはできなんだ」

「かもしれません。しかし、なぜ、あのように兄である東宮様を憎んでいるのでしょうか」

「恐らくであるが、その優秀さに嫉妬しているのだろう」

「嫉妬、ですか」

「東宮である劉淵様は優秀な政治家だ。優秀な軍人でもある。幼き頃から武芸を学び、書に学んだ。書や詩作の才能ですら劉丕様は足下にも及ばないだろう」

「なにひとつ勝っている点はないのですね」

「幼き頃から比べられていたのだろうな。劉淵様ならばこんなことは造作もないのに。劉淵様ならば弓馬を完璧にこなすのに、と」

幼い劉淵が矢で的を射貫き、幼い劉丕が的を外す光景が目に浮かぶ。劉淵が見事な文字を書き、劉丕が拙い文字を書く姿も。そのたびに劉丕は劣等感を感じていたに違いなかった。

「皇帝陛下や皇后様も優秀な東宮様を可愛がったのでしょうか」

夏侯門はゆっくりと首を横に振り、否定する。

「むしろ、逆だ。特に皇后様はなにも取り柄がない劉盃様を可愛がった。溺愛した」

「できの悪い子ほど可愛い、というやつですか」

「そうなのだろうな。人伝に聞いた話だが、端から見ると不憫なほど東宮様は冷遇されていたようだ。同じ母のもとに生まれてこの差はなんだ、というほどだったらしい」

今度は幼い劉淵の悲哀の背中が浮かぶ。どんなに頑張ろうとも、どんなに良い結果を残そうとも母親の愛情を受けられない東宮。弟だけを可愛がる母の姿。今も時折見せる悲しげな瞳はそこに起因しているのかもしれない。

それにしても皇室の人間関係のなんと複雑なことか。皇室とひとくくりにしているが、全員が全員、違う方向を見ていた。全員が歪んでいた。

陽家のようにひとつのかたまりのように仲睦まじい家庭は希少なのだろうか。あるいは香蘭が知らないだけで世の家族は大なり小なりこうなのだろうか。

深く考察したいが、今は時間がなかった。

夏侯門と一緒にタガイの幽閉場所に向かうとそのまま師の手術を手伝った。師が応援依頼するだけあって手術は困難を極めた。およそ八時間に及ぶ長丁場だったが、香蘭と夏侯門の手助けによってなんとか手術を成功して終えた。

師である白蓮は「ふう……」と一息つく。

皮肉も冗談も言わないところを見る限り、本当にぎりぎりの綱渡りの手術であったのだろう。一歩間違えばタガイは死んでいたように思われる。

開いた腹を閉じ、除去した癌細胞を見つめる。どれも小さな塊であったが、こんなちっぽけなものが人の命を左右するのかと思うと奇妙な感慨を覚えた。

その後、タガイが回復するまで三人で交代をしながら看病をした。手術の成功を聞いた朝廷は結局、タガイの身柄を交渉材料にすることにしたようだ。せっかく救った命ということもあるが、北胡の皇族を処刑するほど胆力がある政治家もいなかったようである。至極当然の結果となったが、今のところ一番得をしているのは劉盃であった。もしもこのまま有利な条件で北胡と講和できれば宮廷内での劉盃の発言力はうなぎ登りだろう。皇位継承権が繰り上がるかはともかく、その功績を盾に宮廷内で最大勢力になるのは明白であった。

なんとかしたいところであるが、香蘭にはなにもできない。香蘭は宮廷で発言力がまったくない。それに間接的にではあるが、劉盃派の伸張に力を貸していた面もあるのだ。

すべてが悪い方向にばかり向かう。香蘭は嘆くが、白蓮は「そうでもないさ」と慰めてくれた。

「今回の件で色々なことが噴出した。皇室の家庭問題も、北胡との関係も。どの問題も一朝一夕で片が付くものではないが、変化をもたらすことができるかもしれない」

「と言いますと？」

「俺にとある策がある。それが実行されれば少なくとも東宮の立場は安泰となろう」

「できれば国も皇室もすべて良い方向に向かってほしいです」

「すべてを望めばなにも得られない。二兎追うものは一兎も得られない」

常識論的な言葉で諭される香蘭。

「便所コオロギにも同情するおまえだ。しかし、忘れるな。おまえの目的はこの国をより良い国にすることだ」

「分かっています」

「ならば取るべき道はひとつだと分かっているだろう？　将来、東宮を皇帝にしてこの国をましな方向に導く。この国はいつか滅ぶだろうが、それは劉淵の時代ではない。ましてや劉盃の時代でもない」

「…………そうですね。危うく忘れるところでした」

香蘭はぎゅっと握りこぶしを作ると、初心を思い出した。

「東宮様に住みやすい国を作っていただき、民が皆医療を受けられるようにする。それがわたしの目的でした」

「思い出せばいいさ」

「それでそれに近づくための策があるそうですが、どのような策なのですか？」

「なあに単純な策さ。ただし、その詳細は教えられない」

「また意地悪が始まった」

嫌な予感がする。

「意地悪ではないさ。ただ、おまえに言えば絶対に反対される上、動揺する。おまえは表情を隠すのが下手だから計画が露見しかねない」

「ごもっとも」

自分が嘘をつけない性質（たち）であることを熟知している香蘭は、同意するしかない。

「おまえはしばらく劉盃のもとにいればいい。遠からずその策は実行されるだろうが、度肝を抜かれたらその裏で俺が動いていると思ってくれ」

「承知しました」

そのようなやりとりをすると香蘭は劉盃のもとへ戻った。彼はいつものように酒色にふけっていた。宮廷内での発言力が増したことに大いに気をよくしている。

香蘭は黙ってその姿を見つめていたが、ある日、変事が起こった。

タガイが劉盃に面会を求めてきたのだ。劉盃は驚く。面会を求めてきたことにではなく、面会理由に驚いたようだ。

タガイはこのように申し出てきた。

「このたび、俺を捕らえ、命まで救ってくれた劉盃殿の将器と度量には感服するほかない。その徳を間近に感じてあなたこそが俺が仕えるべき君主だと思った。北胡の軍事機密をすべてお話しするのであなたの配下に加えてほしい」

その報告を部下から聞いた劉盃は飛び上がらんばかりに喜んだ。

タガイは人質としても価値があったが、武将としても価値が高かったのである。タガイは北胡でも一番の名将と呼ばれている。皇族であり、軍の重鎮であるので北胡の機密を知り尽くしていると言える。そんな人物が自分の配下になりたいと申し出てきたのだ。鴨が葱を背負ってやってきたとはこのことであった。

劉盃は喜び勇んでタガイの病床に駆けつける。その際、香蘭は劉盃の供をしたのだが、この面会が白蓮の策であるとすぐに知ることになった。

タガイと面会し、詳しい事情を聞いていると、タガイは突然、床から立ち上がり、短刀を取り出し、劉盃の首に突きつけたのである。劉盃の側にいた側近、警護のものは青天の霹靂を聞いたかのような驚きの声を上げる。憔悴し切っていた病人が隼のような速度で動いたこともあるが、心服の態度を示していたものが、突然、このような暴挙に出たのだから。

「き、貴様、臣従するのではなかったのか？」

劉丕は声をうわずらせながら言うが、タガイは平然と言った。

「あれは嘘だ」

「な、なんだと。この卑怯者め。北胡人は野蛮人か」

「坊主の嘘は方便、武人の嘘は武略」

劉丕の怒声をそういなすと、劉丕の身柄を盾に軟禁されていた館から脱出を図る。

「近づけば劉丕の首をかききる。俺は一度、死んだ身だ。この命など惜しくないことを覚えておけ！」

そのように凄まれれば兵たちも迂闊に近寄れなかった。また劉丕自身、気が小さい上に臆病なのでなにも反応できない。

〝さらに不思議なこと〟にタガイは宮廷内の地理を知り尽くしていた。どのような道順で行けば最短で脱出できるか心得ていた上、逃走経路の途中に「馬」まで用意されていたのである。なにからなにまで〝完璧〟で、手引きをしているものがいるとしか思えない逃走劇であった。

香蘭はその手引きをしているものの顔が浮かんだが、無論、口には出さない。そもそも口には出せない。

「俺はまだ病身だ。治療が必要だから医者をひとり寄越せ」

さらなる人質を要求され、その医者に指名されたのが香蘭だったからだ。師の手際の良さに呆れかえるばかりであるが、劉盃は二頭目の馬にくくりつけられ、香蘭はタガイの後ろに乗る。宮廷から遠ざかると、香蘭はタガイに問わずにはいられなかった。

「まさかこのような手でくるとは思いませんでした」

「おまえの師匠である白蓮の案だ」

「北胡の武人とこのような取り引きをするとは夢にも思っていませんでした」

「これは取り引きではない。俺の〝願い〟だ。おまえの師匠がそれを引き受けてくれた」

「願いなのですか?」

「俺の癌は結局、すべて取り除けなかった。また再発するそうだ。それもそう遠くない未来に」

「……」

癌の再発率は高い。これは白蓮の腕が悪いのではなく、人間の摂理であった。

「ならば死ぬ前に自分が大可汗オグドゥル・エルエイの息子であることを証明して死にたい。自分が勇者の子供であることを証明して死にたいのだ」

「あなたは北胡の皇帝の息子ではないのですか?」

「俺の名はタガイ。北胡の言葉で〝よそもの〟という意味がある」

「たしか弟君はロロギイ、勇敢な人という意味でしたね……」

「そうだ。他の兄弟も強くあれ、という願いを込めて名付けられた。しかし、俺は違った。なぜだと思う？」

「分かりません」

「それは俺の母親が他の氏族の族長にさらわれたからだ」

「……………」

「まだ父が若かった頃、北胡で大規模な内乱が起こった。そのとき母は他の氏族の族長にさらわれ、手込めにされた。その後、その氏族は族滅され、母は救出された」

「あなたはオグドゥル・エルエイの子供ではないのですか？」

「分からない。救い出された半年後に母は俺を身籠もった」

「ならばあなたはオグドゥル・エルエイの子です。あなたをさらった氏族の族長の子ではない。医学的にも常識的にも証明できます」

「そうなのだろうな。白蓮という男も同じことを言っていた。しかし、医学の遅れている北胡では意味のない理論だ。俺の母親は辱めを受け、父はその後に生まれた俺に〝よそもの〟という名前を付けた」

「……………」

　あり得る話だ。北胡の人々は迷信深い。いや、中原国の人とて同じ気持ちを抱くだろう。人間の女性が懐妊出産するのに一〇ヶ月と一〇日必要だという知識を持つものは少ないかもしれない。

「……あなたは大可汗の息子であることを証明したいのですね」

「ああ、そうだ。俺はそのため、弟たちの何倍も努力してきた。誰よりも鍛錬し、誰よりも勉学に励み、誰よりも強くなり、誰よりも賢くあり、勇者であることを証明してきた。父が辺境の地へ赴けと言えば向かい、一〇倍する敵兵に突撃せよと命じられれば喜んでそれに従った。大可汗の息子は誰よりも勇敢でなければならないからだ」

「だから敵国に囚われ、病床のまま死ぬわけにはいかない、ということですか」

「ああ、大可汗の息子が床の上で死ぬなどあってはならないのだ。死ぬならば馬上で死にたい。草原に仰向けになって死にたい」

「……死ぬ気なのですか？」

「人はいずれ死ぬ。白蓮という男と約束した。俺が大可汗の息子であると証明できるのならば無益な殺生はしない、と。だからおまえの安全は保証する」

「安全な場所にたどり着いたら解放されるのですか？」

「そういう手はずになっている」

「しかし、この中原国に安全な場所などあるでしょうか？　先ほどは虚を突き脱出に成功しましたが、やがて軍が出動してきましょう」

「だろうな。そのときこそ死に花を咲かせる」

そう言うとタガイは以後、沈黙を通した。

†

タガイと香蘭は北進する。北胡はその名の通り北にあるからだ。

一方、タガイを追撃するのは劉盃麾下の将軍、東宮麾下の南路軍、それと国軍。つまり中原国のすべての軍がタガイを捕捉しようとする。すでに事態は北方の前線にも伝わっており、退路はすべて断たれた形になっていた。

交通の要所はすべて押さえられており、容易に北上できない状況になっている。

八方塞がりであるが、タガイは悲嘆に暮れなかった。

森の中に逃げ込むと劉盃を木に縛り付け、狩りを始める。

「俺の目的は逃げることではない。大可汗の息子であることはひとりでも証明できる」

と最悪、この場で交戦してもいいと覚悟を固めているようだ。

一方、木に縛り付けられた劉盃は終始、仏頂面である。

「まさかこのような事態になるとは」

「わたしもまさかこうなるとは思っていませんでした」

事実なので嘘ではない。

「しかし、ご安心ください。タガイ殿は無体なことはしないお方。殿下の命を取ることはないはずです。——変な抵抗をしなければ、ですが。それに、先ほど東宮様の南路軍の旗をちらりと見かけました。やがて東宮様の軍隊が助けに来てくれるでしょう」

劉丕を安心させるためにそのように言うが、その言葉を聞いた途端、劉丕は激発した。

「兄に助けられるくらいならば死を選ぶ！」

些（いささ）かの逡巡もなく、そのように言う。よほど兄のことが嫌いなようだ。しばし説得するが、なんの妥協点も見いだせないでいるとタガイが戻ってきてどさっと仕留めた猪（いのしし）を置いた。

「これでも食べて冷静になれ」とのことなのだろう。タガイはそのまま猪をさばき始める。その姿を見て劉丕は「野蛮人め」と罵るが、さばいた肉はちゃっかり食べるあたり、生への未練はたっぷりのようだ。

ふいにタガイが劉丕に語りかける。

「おまえにも兄弟がいるそうだな。それに俺と同じで仲が悪いと聞く」

「兄だけだ。弟には特段、なにも思っていない」

「そうか。俺もそんなものだ。次男と特に仲が悪い」

「皇位継承が絡んでいるからだろう」

「そうではない。我が国は末子相続の伝統がある」

北方の遊牧民族は長男が継ぐとは決まっていない。子供が成人を迎えると親は己の財産である羊や馬を分け与えて独立させる。残った最後の子が親の財産と先祖の祭祀を受け継ぐことになっている。

「長男である俺や次男はすでに財産を分け与えられ、独立している。つまり後継者ではない」

「それではなぜ、仲が悪いのだ」

「色々と事情があってな」

そのような枕詞を置くが、タガイは素直に事情を話した。劉盃は黙って聞く。

タガイが語り終えても劉盃はしばらく沈黙したままだった。

「おまえは自分が皇帝の子ではないと思っているのか……」

「違う。そうではないと証明するために生きている」

「だが周囲はそう思っているのだろう？」

「……そうだな」

「………」

劉盃は再び長い沈黙をすると己の心情を吐き出す。

「……俺もだ。幼き頃そう思ったことが一度だけある」

その言葉に香蘭は驚く。劉盃が最も発することがないと思っていた言葉だからだ。

「文武両道の兄、風流人の弟。同じ父と母から生まれてこの差はなんなのだ。そう思っていた」

「……」

「幼き頃、文官が陰で噂しているのを知った。俺だけはなんの取り柄もないと。きっと父上の胤ではないのだ、と」

「おまえ自身はどう思っているんだ？」

「俺は皇帝の子だ。だから俺が次の皇帝になりたい」

「そうか。俺は皇位などいらぬ。俺がほしいのは証明だけだ」

「おまえは兄に似ている。だから嫌いだ」

たしかにタガイは劉淵に似ている。文武両道にして優れた人格者であるところなどそっくりであった。

「おまえは俺が欲するものをすべて持っている。武人として才能、政治家としての才能、人望、人格。すべてをだ。それに兄と同じで皇位に固執していない。俺がほしいものをすべて持っているくせに、それらを簡単に手に入れられるくせに、それをくだらないと思っているところなど大嫌いだ」

「……俺の弟も同じようなことを言っていたよ」

劉盃はその言葉を聞いた瞬間、涙する。子供のように泣きじゃくる。

「おまえなんて大嫌いだ！　兄も大嫌いだ！　なぜだ！　なぜ、俺の前に立ちはだかる！　なぜ、俺の欲するものをくだらないと切り捨てる！　俺のほしいものをすべて持っているくせに、なぜ俺に分け与えてくれない！」

涙を流し続ける。そこにはいつもの居丈高な姿は微塵もない。ただ構って欲しい子供がそこにいた。香蘭は東宮の味方であるが、敵にも事情があり、人生があることを知っていた。白蓮に同情するな、と言われていたが、このような姿を見るとどうしても感情移入してしまうのが香蘭の悪癖であった。

香蘭たちはなんとも言えぬ感情を抱きながら、逃避行を続ける。

逃避行、数日目――。

長く寝食を共にしていると、奇妙な連帯感のようなものが芽生え始めるから不思議だ。夕ガイと劉盃は時折、なにか話し込んでいる。すべてを聞いたわけではないが、兄弟とはなんであるか、哲学的な問答をしているようだ。

さらに数週間、三人はじりじりと北上するが、北へ行けば行くほど軍の目が厳しくなることに気が付いた夕ガイは北上を止め、進路を西に切り替えた。迂回して逃亡を図ることにしたのだ。

賢い選択であったが、それを見越す頭脳の持ち主がいた。夕ガイに匹敵する軍才を持つ東宮は、西域に至る道をきっちり封鎖していたのである。

もはやこれまでというところであるが、タガイは東宮を超える知略を持っていた。蟻の子一匹逃さない包囲網を巧みにくぐり抜け、東宮の南路軍を出し抜いたのだ。知謀での勝負、タガイの勝ち、そう思ったが、軍師としての資質ではタガイが負けてしまう。ここにきて事態が急変したのだ。

「う、ううぅ」

急にうめき声を漏らしたのは劉丕であった。彼は顔を真っ青にさせ、脂汗を流しながらうずくまる。香蘭が問診をするとどうやら腹痛のようだ。恐らくではあるが、逃避行の疲れと慣れぬ獣肉のせいであろう。食中毒であった。しかも重度の。

このまま逃避行を続ければ劉丕は確実に死ぬ。それが香蘭の見立てであったが、それを聞いたタガイはあっさりと劉丕を解放した。そして南路軍のもとへ向かえと指示した。

劉丕は意外だと言わんばかりの表情でタガイを見つめる。

「……いいのか？」

「もとより然るべきときがくれば解放するつもりであった」

「今、おまえは包囲されているのだぞ」

「俺だけならばなんとかなる」

「俺を盾にすれば逃げおおせるものを……」

劉丕はそのように言い放つと「愚かものめ」と南路軍のもとへ這いずっていった。二度ほど振り返るが、戻ってくることはなかった。

　香蘭も劉盃の後を追うべきだろうが、それよりも今はタガイの本心を知りたかった。

「なぜ、この期に及んで劉盃様を逃がしたのです」

「分からん。短い逃避行で情が湧いたわけでもないのだが」

「いいえ、情が湧いたのでしょう。それにあなた自身は、本当はあなたの弟ロロギイ殿下を嫌っていないのだと思います」

「……かもしれないな。幼き頃から〝不義の子〟と罵倒され、喧嘩をしてきたが、心のどこかでは〝兄弟〟喧嘩ができて安心していたのかもしれない。互いにどこかで血が繋がっているかもしれない、と思えたのかもしれん」

「もしかしたらロロギイ様はあなたを罠にはめるだけで命まで奪おうとは思っていなかったのかも」

「かもしれない。だからこうして生きて思うがまま勇敢に死ぬ機会を得られたのかもしれない」

「劉盃様と自分たちご兄弟の姿をどこかで重ねてしまった。情にほだされたあなたの負けです」

「潔く負けを認めようか。ただ、まだ諦めたわけではない」

　そう言うとタガイは香蘭に頭を下げ、これから敵中突破をする旨を伝える。止めても

無駄だと分かっている香蘭はただ黙って彼を見送る。彼の姿が視界から消えると、

(御武運を……)

と彼の本懐が達成されるようにと心から願った。

南路軍を指揮する東宮は、タガイが西方面から逃走を図ると見抜いたわけであるが、まさか単身で突撃をしてくるとは思っていなかった。劉淵はタガイの武将としての能力を高く買っており、隠密裏に脱出を図るか、劉盃を盾にすると思い込んでいたのだ。このような暴挙に出てくるとは夢にも思っていなかった。

気炎万丈で突撃してくる単騎の勇者を見て劉淵は身震いする。

劉淵は一〇万の敵軍を恐れたことはないが、今この瞬間、たった一騎の敵を恐れた。それほどまでに鬼気迫るものをタガイから感じたのだ。思わず見惚れてしまうが、部下から指示を請われて我に返る。

腹心いわく、

「どうなされますか？　たったの一騎です。捕縛することも可能かと」

と問うてくる。劉淵はタガイに見惚れたままに下知する。

「捕縛することも可能だ。しかし、戦場を支配する軍神はそのようなことを許すまい。

なによりもあの男がそのような愚挙を許すまい」

　タガイが死に場所を求めていると察した劉淵は、武人の情けとしてタガイに死を与えることにした。仮にもしも自分が彼と同じ立場だったとしてもそれを望むはずであった。そう確信した劉淵は配下の弓兵に向かって矢を放つように命じる。その数は千、それだけいれば必ず相手に命中する。それも一本だけでなく、複数の矢が。そのどれかが必ず致命傷となり、タガイは死ぬだろう。そのように計算したが、それは間違っていなかった。タガイは全身に一三の矢が突き刺さり、その馬には二八の矢が突き刺さった。そのうちのひとつは馬の心臓を射貫き、ほぼ即死であったという。

　ただタガイ自身は即死を免れ、南路軍の兵士が死の瞬間を確認することになる。

　タガイは今際の際に、

「俺には大可汗の血が流れている」

「赤き羆の末裔である」

「勇者の中の勇者の子だと証明できた」

　そう何度も何度も繰り返しつぶやいていたという。事切れるその瞬間まで。

　それが北胡の名将タガイの最期であった。

一万を超える中原国最強の南路軍に単身で突撃し、臆することなく死んだのだ。

劉淵はその死に顔を確認したが、その表情は満足げだったという。

後日、腹痛が治まった劉歪もタガイの遺体を確認したが、彼は黙してなにも語らなかった。

タガイの遺体は丁重に塩漬けにされるとそのまま北胡の首都へ届けられた。遺体を見た弟のロロギイも劉歪と同じくその死に顔を見つめるのみだったという。彼は国民にも部下にも慕われていたので、皆がその死を悲しみ、弔い合戦を望んだが、北胡の可汗はその許可を出さなかった。

昨今、兵糧が不足しており、大規模な軍事遠征を行えない事情があったのだ。それを見て民草は可汗の非情を嘆いたが、実は誰よりも〝息子〟の死を悲しんでいるのは可汗であったのかもしれない。

弔い合戦をしない旨を家臣たちに伝えると、オグドゥル・エルエイは皆を下がらせ、独り泣いた。

「タガイ、タガイ、タガイ……」

息子の名を何度も呼び、慟哭(どうこく)した。〝よそもの〟である他人のために涙したのではない。自分の血を分けた息子に対して涙を流したのだ。

「おまえはやはり余の子である。何人にもなしえないその死に様こそがなによりもの証拠。たったひとりで万の兵に突き進むその勇猛さは余の血を引いていなければ到底できない」

オグドゥル・エルエイはそのように叫ぶと、何度も何度もタガイの名を呼び続けた。涙が涸れ果てるまで泣き続けた。

地平線の果てまでが我が領土と謳われた大帝国を支配する男が初めて見せた涙は、実の息子を悼むものであった。息子の勇気を称えるものであった。

†

ひとつの巨星が落ちると、質量共に甚大な涙を生んだ。少なくとも北胡の皇室に激震を走らせたが、中原国の皇室にも変化をもたらした。三人の皇位継承者に影響を与えたのだ。

ひとつはそれまで政治に関わりを持とうとしなかった皇位継承順位三位の劉決がたびたび宮廷に顔を出すようになったことだ。恋人との愛が成就しないことを知った三男は遊興以外のことにも興味を持つようになったのだ。

ふたつ目は劉丕の兄に対する態度であった。劉丕はそれまで東宮のことを「やつ」と呼び捨てにしていたが、心境に変化があったようで、「兄」と呼ぶようになっていた。

ただ、依然、政敵であることは変わらず、なにかにつけて干渉してくるが、昔ほど無差別にかみついてこなくなった。

劉淵自身もなにか思うところがあったようで、香蘭とふたりきりになると今まで口にしなかったことを語るようになった。

「血縁というのは不思議なものだ。どんなに相手を疎んでいても離れることはできない。父にしろ母にしろ兄弟にしろ」

三人の皇族の中になにかが芽生えつつあった。

それは善き変化なのか、悪しき変化なのか、香蘭には分からなかったが、ひとつだけ言えることがある。

「家族だけでなく、人から縁がなくなったとき、そのとき初めて人や国は滅ぶのだと思います」

ここ数ヶ月、皇族にまつわる色々な事件に関わってきた香蘭の率直な感想がそれであった。

永遠の命も、痩身術も、北胡の名将も、それぞれが香蘭に教えを授けてくれたのだ。

それはとても有り難いことであった。

<初出>

本書は書き下ろしです。

この物語はフィクションです。実在の人物・団体等とは一切関係ありません。

メディアワークス文庫

宮廷医の娘6

冬馬 倫

2022年11月25日　初版発行

発行者　山下直久
発行　株式会社KADOKAWA
〒102-8177　東京都千代田区富士見2-13-3
0570-002-301（ナビダイヤル）
装丁者　渡辺宏一（有限会社ニイナナニイゴオ）
印刷　株式会社暁印刷
製本　株式会社暁印刷

●お問い合わせ
https://www.kadokawa.co.jp/（「お問い合わせ」へお進みください）
※内容によっては、お答えできない場合があります。
※サポートは日本国内のみとさせていただきます。
※Japanese text only

※定価はカバーに表示してあります。

Printed in Japan
ISBN978-4-04-914704-9 C0193

メディアワークス文庫　https://mwbunko.com/

本書に対するご意見、ご感想をお寄せください。

あて先
〒102-8177　東京都千代田区富士見2-13-3
メディアワークス文庫編集部
「冬馬 倫先生」係